Camping einmal anders

Das Buch

Kruemel ein erfahrener Camper, der es liebt mit seinem Wohnwagen unterwegs zu sein, hat einen heimlichen Traum. Einmal, genau wie seine Menschen früher, mit einem Zelt auf Reisen zu gehen. Unverhofft wird ihm dieser Wunsch erfüllt. Eine ganze neue Erfahrung für Kruemel, von der er in diesem Buch erzählt.

Der Schriftstellbär

Kruemel, ein ca. 28 cm großer Bär, lebt seit März 2007 bei und mit seinen Menschen.

Seine Menschen boten ihm seinerzeit einen Job als Reisebegleitbär, Tagebuchschreibbär und Fotomodellbär an. Jobs, die er voller Begeisterung ausübt, und die ihm nebenbei noch die Möglichkeit bieten, seine Erlebnisse in Büchern zu verarbeiten.

Eins noch, Menschen bekommen Bären und Bären bekommen Menschen. Kruemel redet sehr gerne entweder von seinen Menschen, seinen Beiden, seiner Menschin oder einfach von Maria und Wolfgang, denn so heißen seine Zwei.

Maria Schuett

Camping einmal anders

Kruemel zeltet

Bibliografische Informationen der
Deutschen Nationalbibliothek:
Die Deutsche Nationalbibliothek verzeichnet diese Publikation in der Deutschen Nationalbibliografie; detaillierte bibliografische Daten sind im Internet über http://dnb.dnb.de abrufbar.

Herstellung und Verlag:
BoD – Books on Demand, Norderstedt
ISBN 9783759737410

Für Stöpsel meinen fröhlichen kleinen Partner.

Inhaltsverzeichnis

Ein Bär möchte zelten

Ich war schon immer der Meinung, ein Camperbär wie ich sollte wenigstens einmal im Leben einen Zelturlaub gemacht haben. Ich hatte allerdings wenig Hoffnung, dass meine Beiden jemals mit mir und einem Zelt auf Reisen gehen würden. Schließlich endete ein Zeltwochenende vor einigen Jahren mit der Rückgabe des Zeltes an den Händler. Leider!

Ich bin seit vielen Jahren stolzer Besitzer eines eigenen kleinen Zeltes. Anfangs habe ich damit nachts in unserem Wohnwagen gezeltet oder es im heimischen Wohnzimmer aufgestellt. Das ist allerdings nichts gegen richtiges Zelten auf einem Campingplatz. So hat es dann die meiste Zeit schön zusammengelegt im Schrank gelegen. Eine gewisse Hoffnung, auf zumindest gelegentliches Zelten kam bei mir auf, als meine zwei die grandiose Idee hatten, für Wochenendtouren nicht unseren Wohnwagen zu nutzen, sondern ein Zelt!!!

Unser Wohnwagen stand damals rund 25 Kilometer entfernt von unserem Zuhause. Wir hatten bei einem ehemaligen Bauern einen Abstellplatz gemietet. 25

Kilometer sind viel, wenn es darum geht nur mal eine oder zwei Nächte mit dem Wohnwagen unterwegs zu sein. Schließlich muss er dafür ja auch stets mit Wasser, Kleidung, Lebensmitteln und und und..... gepackt werden. Gespannt verfolgte ich die Aktivitäten meiner Menschen.

Meine Zwei, die ja Zelterfahrung haben, recherchierten und entschieden schließlich ein winziges Wurfzelt für 2 Personen und einen Bären zu bestellen. So ein Wurfzelt wird tatsächlich einfach auf die Erde geworfen und entfaltet sich dann ganz alleine. Um es zu sichern, kann es mit Erdnägeln fixiert werden. Das Zusammenlegen ist dann eine Technik für sich und eine extra Geschichte.

Ich war neugierig, auf was für Matratzen sie schlafen wollten. Meine Beiden liegen schließlich gern bequem. Ich selbst habe eine ganz einfache, aber äußerst bequeme kleine blaue Luftmatratze und einen dazu passenden, sehr kuscheligen Schlafsack. Ich war also bestens gerüstet für unser Zeltabenteuer.

Maria und Wolfgang hatten für sich an sogenannte selbst aufblasende Luftmatratzen gedacht und sich zwecks Beratung und Probe liegen in ein Fachgeschäft begeben.

Nicht schlecht, nur Probeliegen alleine reicht nicht!!!! Ich kann nur dringend jedem der sich für eine selbst aufblasende Luftmatratze interessiert raten, das Zusammenrollen der Matratze vor dem Kauf zu probieren. Meine Zwei hatten sich da leider mit den Erklärungen des Verkäufers zufriedengegeben. Doch stellt Euch folgende Situation vor: Die Sonne scheint und hat es geschafft das Zelt in eine Sauna zu verwandeln, Ihr kniet auf dem Boden und versucht, die selbst aufblasbare Luftmatratze durch Zusammenrollen dazu zu bewegen die Luft wieder raus zu pusten.
Ich war überrascht, wie viele schlimme Wörter Wolfgang kennt. Ehrlich, ich bin froh, dass ich bei meiner Luftmatratze nur den kleinen Stöpsel herausziehen muss und die Luft dann von ganz alleine entweicht.

Alles was sonst noch zum Zelten nötig ist wie Geschirr, Besteck, Wasserkessel und Kochtopf holten wir uns ebenso wie Kopfkissen und Bettdecken aus dem Wohnwagen. Einen Gaskocher für den Frühstückskaffee (echter Filterkaffee sollte es sein) hatten wir im Keller.
Und dann wurde es ernst. Eine Nacht Zelten an der Nordsee! Das Wetter erschien meinen Beiden per-

fekt. Es war sonnig und warm. Wir fuhren auf einen uns gut bekannten Campingplatz, den wir schon mehrfach mit unserem Wohnwagen besucht hatten. Wir hatten uns stets wohlgefühlt und waren zufrieden mit den uns zugewiesenen Stellplätzen gewesen. Nicht so bei unserem kurzen Zeltaufenthalt. Es ist nicht unüblich, dass Zelte nur auf einer extra dafür vorgesehen Fläche aufgestellt werden dürfen. Leider war das in diesem Fall eine absolut schattenlose Wiese. In einem in der Sonne stehenden Zelt kann es sehr warm werden. Natürlich stand unser Campingtisch samt Stühlen ebenfalls in der Sonne. Unser Sonnenschirm war einfach zu klein für uns drei.

Die Zeltwiese ist nicht sehr groß und war gut besucht. Die sehr eng beieinander stehenden Zelte sorgten bei uns auch nicht gerade für ein Wohlfühlgefühl.

Ich war gespannt auf die Nacht. Tagsüber hatte ich mein eigenes kleines Zelt genutzt und wechselte abends mit meiner Luftmatratze rüber in das Wurfzelt.

Ich hab super gut geschlafen und hatte auch genug Platz um mich bequem an- und auszuziehen. Meine Zwei waren nicht so begeistert. Ihre Matratzen waren bequem, aber jeglichen Kontakt mit den Zeltwänden galt es zu vermeiden. Ich sage nur Schwitzwasser! In einem so kleinen Zelt ist es jedoch unmöglich den Kontakt mit den Zeltwänden gänzlich zu vermeiden. Wenige Tage nach dieser Zeltnacht beschlossen meine Beiden das Angebot des Verkäufers, das Zelt bei nicht gefallen zurückzunehmen, anzunehmen. Das klappte ohne Probleme und wir wurden auch nicht gefragt, was uns genau nicht gefallen hatte. Die Luftmatratzen, die sich nur mit sehr viel Aufwand wieder zusammenrollen ließen, haben wir fast verlustfrei verkaufen können. Damit war, zu meinem Bedauern, Zelten bei uns zu Hause zunächst kein Thema mehr, obwohl meine Zwei übereinstimmend sagten: Zelten ja, aber nicht mit einem so kleinen Zelt. Natürlich fragte ich mich, wann denn Zelten wieder ein Thema sein würde. Auf unseren Reisen begegnen wir vielen Zelttouristen und ich bemerkte bei meiner Menschin durchaus ein gewisses Interesse.

Komisch, so klein sieht das Zelt gar nicht aus. Meine Zwei, die nicht besonders groß sind, konnten da drin nicht mal richtig sitzen.

Stöpsel

Von einem Reisebären wird höchste Flexibilität erwartet. Nicht nur für mich überraschend, haben wir 2021 tatsächlich eine Urlaubsreise mit einem Zelt gemacht.

Von dieser Reise werde ich in diesem Buch berichten. Mit einem Zelt zu reisen ist etwas vollkommen anderes, als gemütlich mit einem Wohnwagen durch die Lande zu ziehen. Auch bedeutete Zelten, ich war auf dieser Reise mit meinen Menschen alleine unterwegs und immer, außer in den Sanitäranlagen, an Marias Seite. Nichtsdestotrotz fehlten mir meine üblichen Reisebegleiter Pepe, Muschel und Emil.

Für 2022 war ebenfalls eine Zeltreise geplant und da ich meine drei Freunde 2021 so sehr vermisst hatte, wollte mir Maria eine Freude bereiten. Ich durfte mir einen Reisebegleiter aussuchen, sollte allerdings berücksichtigen, dass ich meinen Platz mit ihm teilen muss. Ich freute mich und überlegte sofort was Platz teilen bedeutete. Ich hatte da einen Verdacht, den Maria mir auf Nachfrage bestätigte. Also Platz teilen bedeutete, ich musste meine Luftmatratze, meinen Schlafsack, meinen Koffer, meinen Sitzplatz im Auto und nicht zu vergessen meinen Platz in Marias Rucksack mit meinem Reisebegleiter teilen. Muschel, Pepe und Emil sind alle größer als ich, kamen also leider nicht infrage.

Für mich stellte sich die Frage, schaue ich mal, ob ein kleines Mitglied unseres Haushaltes mit mir reisen möchte oder suche ich mir einen netten kleinen Bären von außerhalb. Die Idee gefiel mir, denn das wäre ein Bär, der völlig unvoreingenommen mit mir reisen würde, dem ich alles zeigen und erklären könnte und, na ja ich gebe es zu, den ich eventuell auch ein wenig Formen könnte.
Es war nicht schwer meine Beiden zu überreden, mit mir in das Geschäft zu gehen, in dem Wolfgang mich vor vielen Jahren entdeckt hatte. Erinnerungen an meine Zeit in diesem Laden kamen hoch. Es war eine Zeit des Wartens auf den richtigen Menschen. Ich war und bin kein Bär für kleine klebrige Kinderhände und habe mich damals immer versteckt, wenn Menschen kamen, die einen Kindertauglichen Bären suchten. Ich mag Kinder und es gibt zahlreiche Fotos, die das Belegen.

Für mein Leben hatte ich jedoch andere Vorstellungen als ein Leben in einem Kinderzimmer. Als

Wolfgang damals den Laden betrat und mir den Reisebegleitbärenjob anbot, zögerte ich nicht und wir verließen das Geschäft gemeinsam. Aber darüber habe ich ja schon in meinem Buch „Türkei eine Campingreise" ausführlich berichtet.
Jetzt war ich hier, um mal zu gucken, wer hier alles auf ein nettes Zuhause wartete. Ein kleiner brauner Bär fiel mir sofort auf. Er stand mit weit ausgebreiteten Armen im Regal und guckte mich erwartungsvoll und voller Vertrauen an. Sein aufgeweckter neugieriger Blick gefiel mir. Ich machte Maria auf ihn aufmerksam und wir gingen zu ihm. Ich unterhielt mich mit dem Kleinen und fragte ihn dann, ob er sich vorstellen kann bei und mit uns zu Leben. Sein strahlendes Lächeln war Antwort genug.

Stöpsel ist ein richtiger Jungbär und ich freue mich, ihn an meiner Seite zu haben. Mein erster Eindruck hat mich nicht getäuscht, wir passen gut zusammen. Ich passe auf ihn auf, erkläre ihm alles und er hilft mir bei meinen Recherchen. Er war auch gleich mit Feuereifer dabei, als es darum ging für dieses Buch zu recherchieren.
Ich hatte ihn übrigens nach seinem Namen gefragt und bekam nur ein Schulterzucken als Antwort. Seinen Namen, Stöpsel, haben wir dann ge-

meinsam für ihn ausgesucht. Und nein, sein Name hat nichts mit dem Verschluss meiner Luftmatratze zu tun.

Wie das meistens bei uns Bären so ist, kam Stöpsel nur im Plüschfelloutfit zu uns. Ich kümmerte mich zügig um Kleidung für ihn. Maria nähte ihm eine Hose und ich bestellte ihm T-Shirts, Hoodies und Schuhe. Seine absoluten Lieblingsschuhe, rote Schnürstiefelchen, hat er jedoch von unserem Freund, dem Hasen Toni, geschenkt bekommen.

Ich wusste nicht viel über Zelten, hatte ja nur die eine Nacht in Büsum mit meinen Beiden gezeltet.

Abschied vom Wohnwagen

Klar hatte ich mir, genau wie Maria, die unterschiedlichsten Zelte auf den Campingplätzen angesehen. Ich war auch neugierig und fragte mich, wie das wohl ist mit einem Zelt zu reisen.

Da wir einen äußerst gemütlichen Wohnwagen besaßen, hielt ich es für unwahrscheinlich, je das Abenteuer eines Zelturlaubes zu erleben.

Da hatte ich mich getäuscht. Unser Wohnwagen, mit dem wir seit vielen Jahren unterwegs waren, überraschte uns im Frühsommer 2021 mit einem größeren Wasserschaden. Einen kleinen Wasserschaden hatten wir einige Monate vorher bereits richten lassen und nun das, ein größerer Wasserschaden im Bodenbereich und einer Seitenwand.

Uns ist nach wie vor nicht klar, wie diese Schäden entstanden sind. Im Wohnwagen selbst war weder etwas zu sehen, noch roch es muffig. Wolfgang hatte den Schaden entdeckt, als er mal wieder den Boden des Wohnwagens kontrollierte. Das machte er häufiger. Ich habe übrigens noch nie gesehen, dass andere Camper den Bodenbereich Ihrer Wohnwagen kontrollieren.

Der Kostenvoranschlag der Werkstatt für die Reparatur stand in keinem Verhältnis zum Alter unserer sehr gemütlichen fahrbaren Stube.

Und nun? Wir hatten nicht die Möglichkeit, den Schaden selbst zu beseitigen. Jetzt kommt, auch wenn ich das nicht zum Thema dieses Buches machen wollte, Corona ins Spiel.
Corona, das Virus, das schon im Jahr 2020 unser Leben und unsere Urlaubspläne beeinträchtigt hatte. Wir wollen uns, was das angeht, allerdings nicht beklagen. Wir waren 2020 im Spätsommer und Frühherbst mit unserem Wohnwagen in Deutschland unterwegs und hatten eine sehr schöne Zeit.
2020 konnte ja kaum jemand seinen üblichen Urlaubsfreuden, wie Flugreisen und Kreuzfahrten nachgehen. Camping, das sich eh schon immer größerer Beliebtheit erfreute, bekam einen zusätzlichen Schub. Das hatte extrem volle Campingplätze zur Folge und weil die Lieferfristen für Wohnwagen und Wohnmobile sich wegen der steigenden Nachfrage verlängerten, stiegen auch die Preise für gebrauchte Fahrzeuge in ungeahnte Höhen.
2021 wollten wir genau wie 2020 erst Mitte August in Urlaub fahren, dann galten wir als vollständig geimpft. War ja ohne vollständigen Impfschutz die

Zeit regelmäßiger Corona-Schnelltests, um auf einem Campingplatz oder in einem Hotel übernachten zu dürfen.

Meine Zwei entschieden sich, ohne meine Meinung einzuholen, sehr schnell zum Verkauf des Wohnwagens. Ich war überrascht, wie schnell meine gute Stube trotz der Schäden und des anstehenden TÜV-Termins verkauft war.
Ich bin Reisebegleit- und Schriftstellbär und machte mir natürlich Gedanken über das, was jetzt auf mich zukommen würde. Reisen wir jetzt nicht mehr? Steigen wir um auf Pauschalurlaub oder kaufen wir uns einen neuen Wohnwagen oder gar ein Wohnmobil? Vernünftige gebrauchte Wohnwagen gab es nicht, neue Fahrzeuge hatten lange Lieferfristen. Und sollte es ein Wohnmobil werden oder doch wieder ein Wohnwagen? Und welche Marke? Nichts, was schnell entschieden werden konnte. Ich sah mich schon als Pauschaltourist in den Urlaub fliegen.

Meine Lieblingsecke im Wohnwagen.

Wie wollen wir künftig reisen?

Aber was war mit Zelten? Ganz vorsichtig wollte ich bei meinen Beiden nachfragen und fand sie vor dem Laptop, wie sie sich Zelte ansahen.
ZELTEN!! Wir planten tatsächlich einen Zelturlaub. Ich war begeistert.

Durch meine Beobachtungen auf Campingplätzen, den Besuchen von Campingmessen sowie diverser Internetrecherchen wusste ich, Zelte gibt es in den unterschiedlichsten Ausführungen.
Ein Zelt muss nicht zwingend auf dem Boden aufgebaut werden das geht auch auf dem Autodach. Nur wie kommt das da rauf? So ein Dachzelt ist schwer und dann wäre zu klären wie kommt Maria da rauf und runter. Leitern sind nicht so ihr Ding. Ich konnte gerade erst wieder beim Renovieren beobachten, wie unsicher sie auf einer Leiter steht, die mehr als 3 Stufen hat. Und was ist, wenn sie nachts zur Toilette muss? Muss ich ihr dann mit meiner Stirnlampe Begleitschutz und Licht liefern? Was ist mit Ihrer Höhenangst? Und nicht zu vergessen: Sie hat schon mal gesehen, wie so ein Dachzelt bei Sturm über den Campingplatz geflogen ist. Okay, das war sicher nicht richtig befestigt und vielleicht

lag auch niemand drin, aber trotzdem. Was ist mit Regen und Gewitter? Wie lange dauert es, bis das Zelt getrocknet ist? Und wie schaffen wir es, das Zelt immer ordentlich einzupacken? Muss ich meinen Schlafsack immer wegräumen oder bleibt der auf dem Dach im Zelt? Und bleibt mein Schlafsack trocken, wenn wir das Zelt im nassen Zustand zusammenlegen müssen?

Auf einer Campingmesse habe ich mich mal Probehalber in ein Dachzelt gesetzt, war ganz bequem. Nur, das war in einer Halle, da war alles trocken und es stürmte auch nicht. Ich habe leider versäumt, da mal ein paar Fragen zu stellen.
Eine andere Variante ist ein Zeltanhänger. Da gibt es recht komfortable Modelle. Das Zelt ist auf einem Anhänger befestigt und wird wie das Dachzelt aufgeklappt. Nur müsste Maria keine Leiter hinaufsteigen, um ins Bett zu kommen. Natürlich habe ich mir so einen Zeltanhänger ebenfalls ganz genau von innen angesehen und fand das Bett recht bequem. Im Dach über dem Bett befand sich sogar ein Fenster, ich hätte nachts den Sternenhimmel bewundern können.

Ich blieb trotzdem skeptisch, auch so ein Klappzelt muss Bär ja mal im nassen Zustand zusammenpacken. Dringt auch dann keine Feuchtigkeit durch das Zeltgewebe von außen ins Zeltinnere?
Weiß gar nicht, wie wir das Klappzelt zu Hause trocknen könnten. In unseren Garten können wir den Anhänger nicht stellen, der passt nicht durch unsere Gartenpforte.
Ein ganz normales Zelt, also eins das auf dem Boden steht, könnten wir im Garten zum Trocknen aufstellen oder, falls nötig, im Keller geschickt auslegen.
Falls sich jetzt jemand fragt, warum mir das Trocknen der Zelte so wichtig ist, bekommt hier die Antwort: Ich habe wie alle Bären eine empfindliche Nase und Stoff jeglicher Art der nicht vernünftig trocknen kann, müffelt.
Ich drängelte mich zwischen meine Zwei, ich wollte wissen, was für Zelte sie sich ansahen. Ah ja, keine Dachzelte und auch keine Zeltanhänger, sondern Zelte die auf dem Boden stehen. Meine Zwei gingen aufgrund des geringen und überteuerten Angebotes von gebrauchten Campingfahrzeugen und der Lieferfristen für Neuwagen von 2 bis 3 Zeltreisen aus, danach sollte es entweder wieder mit einem Wohnwagen oder mit einem kleinen Wohnmobil auf Reisen gehen.

Marias Wünsche

Maria und Wolfgang erinnerten sich wehmütig an ihr kleines grünes Steilwandzelt mit dem sie vor 40 Jahren unterwegs waren. Es hatte alles, was Ihnen damals wichtig war, vernünftiges Gestänge, ein gemütliches Schlafabteil, Stehhöhe, Platz für einen kleinen Küchenschrank und Platz für Tisch und Stühle. Na ja war schon etwas eng, aber dafür hatte es vor dem Eingang auch ein kleines angenähtes Sonnendach.

Ich erzählte meinen Beiden nicht, dass im Internet durchaus Steilwandzelte aus den 70/80 Jahren des vorigen Jahrhunderts angeboten werden. Ihre Anforderungen an unser zukünftiges Zelt waren recht groß.

Es sollte ein vernünftig großes Schlafabteil haben und sie wollten aufrecht im Zelt stehen können. Ich bin 28 cm groß, meine Zwei sind etwas größer. Im Wohnbereich sollte unser Küchenschrank, da haben wir so ein praktisches klappbares Teil, sowie unser Campingtisch und unsere Stühle Platz finden.

Maria ist nicht der Typ Camper, der bei jedem Wetter draußen seinen Frühstückskaffee trinkt und auch ich möchte bei Regenwetter nicht gleich ins Bett gehen oder im Auto sitzen.

Für Maria war zusätzlich sehr wichtig, dass das Zelt über einen eingenähten Boden verfügt. Bei ihrem kleinen grünen Steilwandzelt gab es den lediglich für das extra eingehängte Schlafzelt.
Die Zeltwände lagen unten locker auf dem Boden. Das ermöglichte natürlich Spinnen und sonstigen Insekten ins Zelt zu krabbeln. Natürlich wäre es auch für Schlangen sehr einfach gewesen, meine Beiden in ihrem Zelt zu besuchen. Interessanterweise hatten sie sich damals nicht sehr viel Gedanken darüber gemacht.
Bei einem ungünstig gelegenen Stellplatz hätte auch Wasser ins Zelt laufen können.
Welcher Campingplatzbetreiber sieht es schon gerne, wenn Camper kleine Gräben um ihre Zelte ziehen, um Regenwasser fernzuhalten? Obwohl, gesehen habe ich solche Wassergräben schon.

Ich fand Marias Wunsch nach einem eingenähten Boden sehr überzeugend, ich möchte in meinem Zelt weder Besuch von Schlangen noch von Regenwasser haben.

Wir haben schon häufiger Schlagen auf Campingplätzen gesehen, und so eine Begegnung im Zelt ist mit Sicherheit nicht ganz ungefährlich.

Auf einer ihrer ersten Türkeireisen haben meine Beiden am Schwarzen Meer eine Sandviper unter einem Zelt verschwinden sehen. Damals haben sie selbst noch gezeltet und dem Campingplatzchef Bescheid gesagt. Und was kam vom Chef? Eine Sandviper? Die gibt es hier nicht. Wenige Minuten später schwärmte das Personal aus, um die Sandviper zu suchen.
Da Maria und Wolfgang ohnehin für den nächsten Tag ihre Weiterreise geplant hatten, verschwand der größte Teil ihres Reisegepäcks zügig in ihrem Auto.

Ich sehe Maria förmlich vor mir wie sie morgens, beim Verlassen des Schlafzeltes, alles vorsichtig abgesucht hat.
Aber ich hab noch eine bessere Geschichte. Eine Spinnengeschichte! Auch noch aus der Zeit ihres kleinen grünen Steilwandzeltes. Kleidung und Handtücher hatten sie damals in Koffern verstaut, die im Zelt NEBEN dem Schlafzelt ihren Platz hatten. Natürlich nie verschlossen und das haben eine ganze Menge Spinnen ausgenutzt und sich in den

Koffern breit gemacht. Maria muss davon ziemlich genervt gewesen sein.
Vor sowas wie Spinnen und anderen Insekten darfst Du als echter Camper natürlich keine Angst haben.
Maria hatte vor Spinnen tatsächlich keine Angst, hatte sie allerdings bis dahin nie angefasst.
Wolfgang hat ganz schön geguckt, als er Maria laut schimpfend vor den Koffern vorfand und sah, wie sie Wäsche und Spinnen sortierte. In die eine Ecke hinter ihr flogen die Kleidungsstücke und in die andere Ecke die Spinnen, die schnell das weite suchten. Und das waren keine kleinen Spinnen! Von da an wurden die Koffer richtig verschlossen und Maria fängt auch heute noch, wenn es nicht anders geht, Spinnen mit der Hand.
Ihr glaubt gar nicht, wie gerne ich das „Aussortieren" gesehen hätte.
Ich konnte also durchaus verstehen, dass ihr, was „unser" Zelt anging, wichtig war, dass unsere Kleidung nicht vor, sondern im Schlafbereich Platz finden sollte. Allerdings nicht wie früher in Koffern, sondern in praktischen Kisten mit passendem Deckel, die uns gleichzeitig als Nachtschränkchen dienen sollten.
Im Schlafzelt ihres grünen Steilwandzeltes war lediglich Platz für ihre Luftmatratzen gewesen.

Ich entschied, Wolfgang bei der Suche nach einem für uns geeigneten Zelt zu unterstützen.
Vorsichtshalber fasste ich unsere Suchkriterien noch einmal zusammen. Das Zelt muss einen eingenähten Boden haben und ein großes Schlafabteil, in dem wir drei samt unserer Kleiderkisten genug Platz zur Verfügung haben und alle drei aufrecht stehen können. Auch Tisch, Stühle und Küchenschrank sollten bequem Platz finden und leicht aufzubauen sollte das Zelt auch noch sein. Eine Herausforderung für Wolfgang und mich.
Wir wälzten Kataloge, holten Wolfgangs Camping-Zeitschriftensammlung aus dem Regal, recherchierten im Internet, sahen uns kleine Produktfilme an und lasen Bewertungen. Das hat mir nicht nur viel Spaß gemacht, sondern ich habe auch viel dazugelernt.

Zunächst galt es zu entscheiden aus welchem Material unser Zelt und das Zeltgestänge bestehen sollten.

Fangen wir mit dem Gestänge an:

Verzinktes Stahlrohr ist gut geeignet für Saison- und Dauercamper da es sehr robust ist und damit leider auch sehr schwer.
Alugestänge wiegt rund 50 % weniger als Stahlrohrgestänge und ist damit gut für Reisecamper geeignet. Für extreme Wetterlagen ist es jedoch ungeeignet.
Fiberglas wird aus Epoxidharz hergestellt. Es soll robust und gleichzeitig sehr leicht sein. Die einzelnen Teile dieses Zeltgestänges sind mit einem Gummizug verbunden und benötigen sehr wenig Platz. Ich finde die Zeltstangen sehen so filigran aus und wie haltbar sind bitte die Gummibänder?
Luftzelte haben als Gestänge fest eingenähte Luftschläuche und sollen sehr schnell aufzubauen sein. Sie sind allerdings auch nicht ganz billig.

Bei den Produktinformationen zu Luftzelten entdeckte ich die interessante Empfehlung, sich ruhig ein etwas größeres Zelt zu kaufen. Konkret heißt das, für 2 Personen und einen Bären gerne ein 4 Personenzelt.

Laut Hersteller wiegt ein Luftzelt nicht mehr als andere Zelte. Mag sein, nur schleppst du da Gestänge und Zelt getrennt voneinander. Ventile und

Schläuche sind schwer und fest mit dem Zelt verbunden. Darüber hatten wir uns zum Zeitpunkt der Zeltauswahl keine Gedanken gemacht.

Als nächstes beschäftigten wir uns mit dem Material aus dem Zelte hergestellt werden.

Da taucht als Erstes der Begriff Wassersäule auf! Was ist das denn nun schon wieder?
Die Wassersäule gibt an, bei welchem Druck Wasser durchs Zeltgewebe dringt und wird in mm angegeben. Als Wasserdicht gilt schon eine Wassersäule von 1500 mm.
Nach ausgiebiger Recherche habe ich das so verstanden, je höher die mm Zahl ist, umso höher und länger darf der Druck aufs Gewebe sein, bis Wasser durch das Gewebe dringt. Der Zeltboden muss mindestens den gleichen Wassersäulenwert haben wie die Zeltwände aber besser noch mindestens 5000 mm. Also dass auch nix durch den Boden kommt, wenn das Zelt in einer Pfütze steht und ich barfuß drin stehe. Meinen Körperdruck muss der Boden mindestens aushalten.
Die Wassersäule ist für Zelte aus Polyester maßgebend. Baumwollzelte hingegen sind imprägniert und sollten, wie ich gelesen habe, einmal im Garten

aufgestellt werden und Pitschnass gespritzt werden. Dadurch quillt die Baumwolle auf und das Imprägnierzeug verteilt sich besser. Das Zelt ist dann gleich bei der ersten Nutzung wasserdicht.

Letztendlich entschieden Wolfgang und ich uns für ein 4 Personen Tunnelzelt aus Polyester mit Luftgestänge und 6000 mm Wassersäule sowie einer Standfestigkeit auch bei Windstärke 10. Zusätzlich konnten wir bei Maria noch mit der Farbe des Zeltes punkten, denn Blau ist ihre Lieblingsfarbe.

Das grüne Steilwandzelt 1982.

Sanitäranlagen

Sanitäranlagen! Ein heikles und wichtiges Thema.

Ich persönlich verbringe so gut wie keine Zeit in diesen Räumen. Anders Maria, sie nutzt die Räumlichkeiten zum Duschen, Abwaschen und Wäschewaschen. Für alles andere nutzt sie den Waschraum im Wohnwagen.
Sie ist da ziemlich verwöhnt. Ich überlegte wie das beim Zelten aussehen würde, denn einen Waschraum hat das von uns ausgesuchte Zelt nicht. Ein sogenanntes Beistellzelt, in dem eine Campingtoilette und eine Waschschüssel Platz finden könnten, hatten meine Zwei nicht vorgesehen.
Sehr vorsichtig fragte ich bei Wolfgang nach. Wolfgang machte sich dazu keine Gedanken, schließlich hätte ihre gemeinsame Campingzeit ja 1976 mit Zelten begonnen und Maria hätte nie Probleme mit der Nutzung der Campingsanitäranlagen gehabt.
Er ist sich sicher, das ist auch heute noch so. Ich frage mich nur warum sie ihre Zähne dann immer im Waschraum unseres Wohnwagens putzte, und warum sie unsere Campingtoilette so liebt? Wolfgangs Erklärung zum Zähneputzen fand ich einleuchtend. Nicht auf allen Campingplätzen ihrer frühen Reisen

gab es in den Sanitäranlagen Trinkwasser. Bemerkten meine Zwei das nicht rechtzeitig, endete es regelmäßig mit Durchfall und Erbrechen. Irgendwann hatte Maria darauf keine Lust mehr und hat sich schon zu Zeiten Ihres VW Busses und der ersten Wohnwagen (die auch noch keinen Waschraum besaßen) die Zähne nicht mehr in den Sanitäranlagen geputzt. Das Wasser in unserem Wohnwagen bereiten wir auf und haben zusätzlich einen Wasserfilter. Für die Nutzung der eigenen Toilette habe ich merkwürdigerweise keine Erklärung bekommen.
Ich machte mir dazu so meine Gedanken, denn für unsere Zeltreise war die Mitnahme einer eigenen kleinen Campingtoilette vorgesehen. Ich fragte mich, wo die stehen sollte und hoffte nicht neben meiner Luftmatratze. Wolfgang beruhigte mich und meinte nein die würde im Wohnbereich stehen, schließlich sei sie nur zur Sicherheit für nächtliche Bedürfnisse. Okay, damit kann ich leben.
Meine Beiden besitzen reichlich Campingerfahrung und haben im Laufe der Jahrzehnte sehr unterschiedliche Sanitäranlagen kennengelernt.
Wolfgang berichtete mir erstaunliches von Ihrer Marokko Reise 1980. Da gab es auf einem Campingplatz keine Toilettentüren! Er begleitete Maria bei jedem Toilettengang und schirmte sie mit einem

Badetuch vor neugierigen Blicken ab. Selbst die Nutzung von Stehtoiletten schien für Maria kein Problem gewesen zu sein. Ein Problem waren wohl eher wilde Hunde, die in der Türkei und auch auf einem spanischen Campingplatz nachts unterwegs waren. Selbst durchsichtige Glastüren auf einem türkischen Campingplatz in den 80er Jahren des letzten Jahrhunderts riefen bei ihr nur ein Kopfschütteln hervor. Inzwischen sind Milchglasscheiben bei Duschen und Toiletten auf Campingplätzen keine Seltenheit.

Kommen wir auf unbekannte Campingplätze, besichtigt meine Menschin nach dem häuslichen Niederlassen stets die Sanitäranlagen. Als Brillenträgerin, die morgens ohne ihre Brille zu den Sanitäranlagen eilt, möchte sie wissen, wo und wie die Duschen sind und ob zum Duschen Duschmarken oder gar Euromünzen nötig sind. Wenn ja, welche Variante gilt? Läuft die Zeit, nur wenn Wasser aus dem Duschkopf kommt oder zählt die Zeit bereits ab Einwurf in den Münzautomaten? Wir kennen beide Varianten und Variante 2 heißt, beeil Dich!

Am besten sind die Campingplätze die diesen Tüdelkram nicht haben, die warme Dusche zum Übernachtungspreis dazu gehört und es ganz normal funktionierende Wasserhähne gibt. Denn auch da gibt es verschiedene Varianten und es ist manchmal nicht klar erkennbar, muss Bär drücken oder drehen und wenn, wohin und welchen am besten zuerst, um nicht mit eiskaltem Wasser erschreckt zu werden, oder sich, was Maria in Athen vor Jahren passiert ist, sich fast mit dem heißen Wasser zu verbrühen.

Wichtig ist auch zu wissen wie das mit dem Licht funktioniert. Gibt es überhaupt einen Schalter, der per Hand bedient werden kann oder läuft das über einen Bewegungsmelder und wenn ja, wo ist der und wie lange bleibt das Licht an? Ist der Bewegungsmelder allerdings im Vorraum angebracht, steht oder sitzt Bär schnell im Dunkeln.

Interessant ist auch, wann und von wem werden die Sanitäranlagen gereinigt. Ist nicht ganz unwichtig, denn oft sind sie dann geschlossen. Nicht so auf einem Campingplatz in Griechenland auf dem die Damensanitäranlagen immer genau dann gereinigt werden, wenn Maria zum Duschen geht. Dabei ist es völlig egal, ob sie da mal ein Viertelstündchen früher oder später in die Sanitäranlagen geht. Immer, wirklich immer, kommt die Reinigungskraft mit Gummistiefeln, Gummischürze und Gummihandschuhen und einem Wasserschlauch. Maria und sie kennen sich inzwischen gut. Seit die Damen sich stets mit einem lauten freundlichen Kalimera begrüßen trifft Maria nicht mal mehr aus Versehen ein Wasserstrahl aus dem Gummischlauch.

Es gebe noch so viel zu schreiben zum Thema Sanitäranlagen:

Gibt es Haken oder eine Ablage?
Lassen sich die Türen verschließen und auch wieder öffnen?
Wann gibt es heißes Wasser?
Funktionieren die Steckdosen?
Wo sind sie angebracht?
Weit oben und damit unerreichbar für Maria?
Braucht Bär gar einen Adapter für die Nutzung?
Gibt es Toilettenpapier und Seife?
Lungern nicht zu viele Insekten, speziell Mücken, herum?

Unser Zelt

Endlich war es so weit. Unser Zelt wurde geliefert. Zu unserem Bedauern hatte kein Campinghändler in unserer Nähe das von uns ausgesuchte Zelt vorrätig. Es hätte mir Spaß gemacht in ein Geschäft zu gehen, mir das Zelt anzusehen, es zu kaufen und gleich mitzunehmen. So blieb uns keine Wahl, wir mussten es bei einem großen Campinghändler bestellen. Und dann hieß es: Warten auf die Lieferung!

Die Lieferungsankündigung überraschte uns, unser Zelt würden wir nicht mit der „normalen" Paketzustellung erhalten. Es sollte, da es als schwere Sendung deklariert war, gesondert zugestellt werden. Das Zelt wiegt fast 32 kg! Trotzdem fragte ich mich, ob es wirklich notwendig war, uns das Zelt auf einer Palette vor die Haustür zu stellen!
Was hatten wir uns denn da bloß für ein Zelt ausgesucht?

Vorsichtig packten wir das Paket aus. Zum Vorschein kam eine große Tasche, die alles, wirklich alles, was zum Zelt gehörte enthielt.
Also das Zelt selbst mitsamt der eingearbeiteten Luftschläuche und Abspannleinen, die Luftpumpe,

sämtliche Heringe (und das sind nicht wenige) sowie das Stahlrohrgestänge für den kleinen Vorbau. Selbst das Schlafzelt, das bei Steilwandzelten extra reingehängt wird wenn das Zelt steht, war schon eingehängt.
Sogar die Aufbauanleitung hatte noch Platz gefunden.

In der Produktbeschreibung zum Zelt hatten wir gelesen, dass diese Tasche als bequeme Transporttasche für das Zelt und das gesamte Zubehör dienen sollte.
Gespannt packten wir die Tasche langsam aus, versuchten uns dabei zu merken, wie die einzelnen Teile verstaut waren. Das Zelt war extrem zusammengepresst und ich war mir nicht sicher, ob wir es je wieder in die Tasche hineinbekommen würden. Vom Zubehör ganz zu schweigen.

Für den Probeaufbau des Zeltes hatten wir uns ein größeres Rasenstück in unserem Garten ausgesucht und hofften, dafür nicht unsere schöne Blutpflaume fällen zu müssen.
Während wir auf gutes Wetter und einen trockenen Rasen warteten, studierten Wolfgang und ich die Aufbauanleitung sehr genau und sahen uns die ent-

sprechenden Filme des Herstellers dazu im Internet mehrfach an.
Und dann gings los. Die Sonne schien und der Rasen war trocken. Wolfgang und ich fühlten uns gut vorbereitet für den ersten Aufbau unseres Tunnelzeltes. Gesondert bestellt hatten wir etwas Zubehör, wie eine für das Zelt genau passende Unterlegplane, einen Kuschelteppich fürs Schlafzelt (Empfehlung eines Neffen) sowie einen Teppich für den Wohnbereich, der den eingenähten Zeltboden und meine Plüschfüße schützt. Zelte werden ja nur selten auf schönen Rasenflächen aufgebaut, häufig sind die Böden recht steinig.

Ebenfalls bestellt hatten wir Luftmatratzen für meine Zwei. Die Beschreibung dazu las sich gut. Ich hatte darauf geachtet, dass sie, genau wie meine Luftmatratze, aufgepumpt werden müssen und die Luft fast von alleine entweichen kann. Bloß nicht wieder solche selbst aufblasbaren Matratzen, die Luft so ungern wieder rausrücken. Ich hatte die Probleme bei unserem Versuch zu Zelten in Büsum nicht vergessen.

Wir legten zunächst die Unterlegplane aus und ich reichte Wolfgang die Heringe zum Befestigen der

Plane. Anschließend half ich ihm, das Zelt auf die Plane zu legen. Wir falteten das Zelt sehr vorsichtig auseinander und versuchten uns zu merken, wie es zusammengelegt war. Auch war dem zusammengepressten Zelt nicht anzusehen, wo denn „Vorne" war. Klar, „Vorne" ist da wo der Eingang ist, aber wo war der?

Wir mussten das Zelt weiter auseinander falten. Selbstverständlich war der Eingang und das war ja ganz klar, nicht dort wo wir ihn bei unserem Probeaufbau haben wollten. Also erstmal das ganze Zeltbündel drehen, weiter aufklappen und dann den Zeltboden mit den dafür vorgesehenen Heringen befestigen. Schon mal nicht schlecht. Das war einfach.

Als nächstes pumpten wir die Luftschläuche auf. Da wir uns für ein geräumiges Zelt entschieden hatten, waren drei Luftbögen und zwei zusätzliche Schläuche aufzupumpen. Dabei ist es wichtig auf den richtigen Druck zu achten, der nicht mehr als 0,6 bar betragen sollte. Gut, dass die Pumpe das anzeigt. Empfehlenswert ist natürlich auch, die Pumpe mit den Ventilen der Luftschläuche richtig zu verbinden, sonst flutscht der Schlauch der Pumpe aus dem Ventil und die Luft aus den Luftschläuchen des Zeltes

haut ab. Ich kenne jetzt eine ganze Menge Schimpfwörter mehr.
Maria hatten wir die Aufgabe übertragen, die Luftbögen hochzuhalten, damit wir die aufgepumpten Schläuche zwischen die Luftbögen klemmen konnten. Könnt Ihr mir eigentlich noch folgen?
Der nächste Punkt, den es zu erledigen galt, war auch nicht ganz ohne. Ich hatte ja schon erwähnt, dass für den kleinen Vorbau beim Eingang ein Stahlrohrgestänge mitgeliefert wurde, und das galt es mit dem Zelt zu verbinden. Dazu musste das Gestänge, das natürlich auch einen kleinen Bogen bildete, in eine mit einem Reißverschluss versehene Tasche hineingezwängt werden. Hat eine Weile gedauert, bis wir das Stahlrohrgestänge von den Vorteilen eines Aufenthaltes in der eigens für das Gestänge genähten Tasche, überzeugt hatten.
Ich bedaure sehr, bei diesem ersten Aufbau des Zeltes mein kleines Diktiergerät nicht eingeschaltet zu haben.

Und dann stand es, das Zelt mit dem wir auf Reisen gehen wollten. Ich war begeistert! Unsere Blutpflaume hatten wir auch nicht fällen müssen, sie hatte lediglich einen kleinen Ast eingebüßt.

Zu meiner großen Freude pumpte Wolfgang unsere Luftmatratzen auf und legte sie ins Schlafzimmer. Im Wohnbereich standen in Nullkommanix unsere Campingstühle samt Tisch. Maria kochte Kaffee und holte den extra für den heutigen Tag gebackenen Kuchen.

Ich inspizierte staunend das Zelt. Kein Vergleich zu dem winzigen Wurfzelt mit dem wir in Büsum waren. Klar gönnte ich mir auch eine kleine Pause auf meiner Luftmatratze, ich wollte wissen, wie es sich in so einem Schlafzelt liegt.
Logischerweise haben wir das Zelt vor unserer Reise noch einige Male auf- und abgebaut, denn ich wollte auf gar keinen Fall beim ersten Aufbau auf einem Campingplatz mit der Aufbauanleitung in den Tatzen dastehen und anderen Campern ein Unterhaltungsprogramm liefern.

Ich war voller Vorfreude und Abenteuerlust und fragte meine Menschen aus. Schließlich hatten alle Beide Erfahrungen mit Zelten.

Erster Aufbau unseres Zeltes im Garten.

Zelterfahrungen meiner Beiden

Wolfgang ist seit frühester Jugend Camper. Bereits Ende der fünfziger Jahre sind seine Eltern mit ihm zu Campingreisen aufgebrochen. Erste Ziele waren Dänemark, Norwegen, Österreich und Italien. Später folgten Spanien, Marokko, Griechenland und die Türkei.

Wolfgang mit seinen Eltern Ende der Fünfzigerjahre an der Ostsee.

Spanien in den Sechzigerjahren.

Und Maria? Ihre Campingzeit begann 1976 mit einer Reise nach Amsterdam.
Da meine Beiden damals weder ein Auto noch eine Campingausrüstung besaßen, stellten Wolfgangs Eltern ihnen ihr Auto und ihre komplette Zeltausrüstung für eine Woche zur Verfügung.

Leider gibt es nicht viele Fotos dieser ersten gemeinsamen Campingreise, doch alles was Maria mir von dieser Reise erzählte, hörte sich gut an. In Marias Augen besaßen Wolfgangs Eltern eine Luxuszeltausstattung. Das Zelt war äußerst geräumig und bot Platz für Liegen statt Luftmatratzen, Platz für einen Campingküchenschrank und genug Platz für einen Tisch sowie für ausgesprochen bequeme Campingstühle samt Hockern für die Füße.

Seit ich das weiß ist mir klar, warum meine Zwei großen Wert auf bequeme Campingstühle legen und auch die Hocker für die Füße nicht fehlen dürfen.

Maria gefiel das Campingleben gut. Mit ganz so viel Equipment wollte sie jedoch nicht in die nächste Campingreise starten.

Amsterdam 1976

Für ihre Südfrankreichreise 1977 liehen meine Zwei sich zwar noch einmal ein Zelt von Wolfgangs Eltern, diesmal allerdings nicht das große Zelt, sondern ein kleines älteres Hauszelt. Die übrige Ausstattung gehörte jedoch bereits ihnen und entsprach mehr ihren Bedürfnissen.

Das muss eine tolle Reise gewesen sein. Auf einem Parkplatz vor Marseille haben sie in ihrem Auto, einem blauen VW Käfer, übernachtet, bevor es dann nach Bandol auf einen Campingplatz ging. Würden sie heute nicht mehr machen, sitzend im Auto auf einem Autobahnparkplatz übernachten.

Für die gesamte Reise hatten sie 14 Tage Zeit. Nach einem kurzen Badeaufenthalt in Bandol wechselten sie für den Besuch von Saint Tropez und Port Grimaud auf einen Campingplatz direkt bei Saint Tropez.

Mit dem Käfer ging es 1977 nach Südfrankreich.

Ihr dritter Campingplatz an der Cote Azur lag oberhalb von Monaco. Leider, leider gibt es von dem Platz keine Fotos. Der muss richtig schön gewesen sein. Dort fand Marias erster Kontakt mit Stehtoiletten statt. Maria erinnert sich aber besonders an den Aniskuchen, den die Campingplatzchefin jeden Tag frisch gebacken hat. Seit dieser Zeit mag und backt sie selbst Aniskuchen und sehr leckere Anisplätzchen.

Der Heimweg führte meine Beiden über Oberstdorf. Marias Eltern hatten dort, wie jedes Jahr, ihren Urlaub verbracht und sich mit Maria und Wolfgang zu einigen gemeinsamen Urlaubstagen verabredet. Das wurde Tradition. Waren Marias Eltern in Oberstdorf und meine Zwei befanden sich auf der Hin- oder Rückreise ihrer Türkei- oder Griechenlandreisen haben sie in Oberstdorf Station gemacht.

Klar waren die Nächte im Allgäu im Juni deutlich kühler als in Südfrankreich. Maria muss ganz schön gefroren haben. Viel gezeltet haben meine Beiden in Deutschland nicht. Es gab ja damals noch keine 6 Wochen Urlaub und die 4 Wochen, die sie zum Reisen zur Verfügung hatten, haben sie im Süden verbracht.

1978 waren sie dann mit dem Hauszelt und einem weiteren winzigen Zelt, das sie für einzelne Übernachtungen genutzt haben, an der großen Düne du Pilat bei Arcachon.

Von dem Aufenthalt dort hat Wolfgang mir etwas sehr Interessantes erzählt, das ich kaum glauben konnte. Es war sehr heiß und nachdem sie direkt neben der Düne ihr Zelt aufgebaut hatten, ging Wolfgang an die Bar und bestellte sich 2 Bier. Eins trank er direkt an der Bar, das zweite Bier wollte er gemütlich vor dem Zelt sitzend genießen. Er hatte jedoch nicht mit dem Durst von Maria gerechnet. Sie nahm ihm das gut gefüllte Glas ab und gab ihm gleich darauf das leere Glas zurück. Echt, Maria muss mehr als durstig gewesen sein. Sie trinkt sehr selten Alkohol und noch seltener Bier. Auf dieser Reise besuchten sie auch Lourdes, Nordspanien und Andorra.

Lourdes 1978

2009 auf meiner Frankreichreise habe ich die Düne ebenfalls besucht. Dazu mal mehr, wenn ich ein Buch über meine Frankreichreise schreibe.

1980, da hatten meine Beiden schon ihr schönes grünes Steilwandzelt, ging es nach Marokko. In das Zelt hatten sie zur besseren Durchlüftung sogar einen Hintereingang nähen lassen.

Ich habe nachgefragt, unser Tunnelzelt hat am Ende extra Belüftungsöffnungen, die je nach Wunsch geöffnet und geschlossen werden können.

1981 und 1982 fanden dann ihre ersten Türkeireisen statt.

Jetzt wusste ich, was für Reisen sie mit dem Zelt unternommen hatten. Was ich nicht erfuhr war, wie es denn jetzt ist, mit einem Zelt durch die Lande zu reisen. Wie ist es mit dem Auf- und Abbau? Wie schläft und lebt es sich im Zelt? Wie ist es bei Regen? Bei Sturm?
Für mich alles wichtige Fragen. Die Antwort meiner Beiden war typisch, sie lautete: „ Kruemel warte es ab, du wirst das alles erleben“.
Ich war also sehr gespannt.

Wir packen

Dann wurde es langsam ernst. Unsere Reise rückte näher.
Corona ist nicht das Thema meines Buches, spielte jedoch eine Rolle bei der Auswahl unserer Reiseziele und unserer Reisezeit.
2021 war das Jahr, in dem die Corona Schutzimpfungen begannen und es damit Erleichterungen, also mehr Freiheiten im täglichen Leben für vollständig geimpfte Personen, gab.

Ich will da gar nicht weiter ins Detail gehen, aber da wir uns während unserer Reise nicht ständig auf Corona testen lassen wollten, planten wir, erst dann zu Reisen, wenn wir vollständig geimpft waren. Das erforderte etwas Geduld.

Für Plüschbären wie mich gab es zwar immer noch keinen Impfstoff, andererseits gab es auch keinerlei Statistiken bezüglich infizierter Plüschtiere oder irgendwelche Informationen dazu, was ein Plüschtier darf und was nicht. Sehr praktisch. Bloß nicht nachfragen.

Die Wartezeit war echt spannend. Ich hatte genug damit zu tun meine Beiden auszufragen und sie bei unseren Reisevorbereitungen zu beobachten.
So beobachtete ich sehr genau, wie der Berg an Reisegepäck immer größer wurde.

Da waren die praktischen Kleiderkisten, mein Koffer, Kisten mit Lebensmitteln und Küchenkram. Zu Marias großem Bedauern fand unsere Kaffeemaschine keinen Platz in der Kiste. Die hätte da nur liegend reingepasst, da hieß es dann: Gut, brühen wir den Kaffee halt auf, der Wasserkocher kommt ja ohnehin mit und Kaffeekanne und Kaffeefilter nehmen nicht viel Platz weg. Der Kaffeefilter ist alt und hat ihnen schon früher auf ihren Reisen gute Dienste geleistet. Ich fragte mich allerdings, ob unser winziger Wasserkocher zum Kaffeekochen ausreichen würde? Sein Fassungsvermögen und das der Kaffeekanne stimmten absolut nicht überein.

Für unsere kleine Campingtoilette hatten wir uns eine praktische Transporttasche gekauft. Dann gabs noch jeweils eine Kiste mit Toilettenartikeln und eine für eventuell benötigtes Werkzeug, sowie unsere Abwaschschüsseln. Weiß gar nicht, warum wir da neue kaufen mussten. Wir haben doch noch die

Schüsseln aus ihrer Zeltzeit von vor 40 Jahren! Die werden inzwischen allerdings für die Handwäsche auf Campingplätzen genutzt und Maria trennt da streng.

Unsere Wohnwagenabwaschschüsseln sind angeblich zu groß.
Mitnehmen wollten wir natürlich auch unsere Hängematte, einen Sonnenschirm, einen kleinen Grill, selbstverständlich die üblichen Reiseführer, Landkarten, Campingführer, mein Tagebuch, Tablet, Fotoapparat, Bücher, ein paar Medikamente und Bettzeug! Richtig gelesen.
Ich kuschele mich nachts zwar in meinen Schlafsack aber meine Zwei mögen nicht im Schlafsack schlafen. Angeblich liegen sie dann häufig auf dem Reißverschluss. Das „Problem" kenne ich nicht. Statt Schlafsäcken nehmen sie Bettdecken und Kopfkissen mit und da nicht bescheiden wie ich, jeder nur eins, oh nein da braucht jeder zwei.

Neben diesem ganzen Stapel, und ich habe Handtücher und Schuhe noch nicht erwähnt, lag unser Zelt und das natürlich nicht in der mitgelieferten Transporttasche. Wir haben es, wie von uns schon erwartet, nicht mal geschafft das Zelt ohne das ganze andere Zubehör, also die Heringe, die Pumpe und das Stahlrohrgestänge wieder in der Tasche unterzubringen. Wie die das in den Produktfilmchen hingekriegt haben bleibt mir ein Rätsel. Die Tasche hat Maria kurzerhand als Transporttasche für unser gesamtes Bettzeug umfunktioniert. Ergänzt wurde unser Reisegebäck natürlich auch noch durch die Unterlegplane für das Zelt, den Kuschelteppich für den Schlafbereich, den Teppich für den Wohnbereich und einem Heizlüfter. Hab gerade festgestellt, in meiner Aufzählung des Reisegepäcks fehlen noch die Kabeltrommel, schließlich brauchen wir auch im Zelt Strom, der Gaskocher, Campingtisch und Stühle, die Hocker für die Füße, die Luftmatratzen und der klappbare Küchenschrank. Wichtig ist auch ein Wasserkanister, hast ja nicht auf jedem Campingplatz einen Wasserhahn direkt auf Deinem Stellplatz. In unserem Auto selbst war schon unsere Kühlbox. Die begleitet uns schon seit Jahren. Den Luxus einer Kühlbox oder eines Kühlschrankes hatten meine Beiden früher nicht. Getränke haben sie mit nassen Handtüchern gekühlt, die sie um die Flaschen wickelten. Butter, Margarine oder Aufschnitt gab es eher selten, wurde damals allerdings auf vielen Campingplätzen in kleinen handlichen Portionen angeboten. Heute stellen viele Campingplätze in den Küchenbereichen der Sanitäranlagen Kühlschränke zur Verfügung.

Beim Betrachten des immer größer werdenden Gepäckberges fragte ich mich, wie wir das alles in unserem Auto unterbringen wollten. Mir fiel unsere Heckbox ein. Die Box stammt noch aus der VW-Buszeit meiner Beiden. Vor einigen Monaten hatten wir versucht, sie zu verkaufen aber keiner der Interessenten hat unsere Preisvorstellung geteilt. Das Ding ist robust und ich hatte mich damals dafür eingesetzt, sie zurück auf den Dachboden zu stellen. Bär kann ja nie wissen, wozu das Ding noch gut sein kann. Aus der VW-Buszeit gibt es auch noch einen kleinen Dachkoffer den meine zwei ihr Sahnehäubchen genannt haben. Hab ich mir angeguckt, find ich zu klein und die große Alubox, in der wir im Keller alles mögliche aufbewahren, passte zwar gut auf das Dach ihres VW Busses aber für unseren Caddy schien sie mir ungeeignet zu sein.
Also fing ich an zu recherchieren. Sehr zur Freude von Wolfgang, der schon lange mit einem passenden Dachkoffer für unseren Caddy liebäugelte.
Natürlich wurden wir fündig. Maria, die unseren riesigen Gepäckberg nicht verkleinern wollte, war leicht zum Kauf des Dachkoffers zu überreden. So

ein Dachkoffer ist praktisch, wir wollten darin unseren Campingschrank sowie Tisch und Stühle samt Hockern unterbringen.
Auf alten Fotos hatte ich den Vorläufer so einer festen Dachbox gesehen. Eine Kofferbrücke! Alles, was man gerne auf dem Dach transportieren wollte wurde auf die Kofferbrücke gepackt. Über das Gepäck wurde eine Haube gelegt und alles mit Spanngurten festgezurrt.
Die Plane und die Spanngurte liegen bei uns im Keller. Die Kofferbrücke leider nicht.

Anfang der 80er Jahre des vorigen Jahrhunderts waren meine Beiden mit einem kleinen schwarzen Polo in der Türkei unterwegs, und alles, wirklich alles, was sie dabei hatten, fand in dem kleinen Auto Platz! Ganz offensichtlich kam Maria ohne Teppiche fürs Zelt aus. Auch begleitete sie keine Kühlbox, kein Heizlüfter, keine Campingtoilette und keine Kabeltrommel. Bestimmt hatten sie damals auch noch Schlafsäcke und nicht jeder zwei Kopfkissen, Bettdecken und Wolldecken. Warum brauchen wir das jetzt alles? Ich war bereit, auf all diesen Luxus zu verzichten. Meine Beiden nicht.

Selbstverständlich haben wir nicht nur das Zelt zur Probe aufgebaut, sondern auch unser Auto Probe gepackt. Dank Dachkoffer und Heckbox haben wir den ganzen Gepäckberg zur Freude von Maria untergebracht. Hätte mich allerdings schon interessiert zu erfahren, was Maria bei einem Platzproblem zu Hause gelassen hätte.

Alles verstaut!

Es geht los

An einem Samstag Mitte August 2021 war es endlich so weit. Meine erste Zeltreise begann.
Ich konnte es kaum erwarten und wollte rechtzeitig aufbrechen. Bis zu unserem ersten Reiseziel, Rothenburg ob der Tauber, lagen rund 600 Kilometer vor uns. 600 Kilometer, die wir in den letzten Jahren stets auf zwei Fahrtage aufgeteilt hatten. Mit dem Wohnwagen dürfen wir maximal 100 km/h fahren, und, ich hatte es in einem meiner Bücher schon mal angemerkt, Maria beendet unsere Fahrtage gerne rechtzeitig, um in Ruhe ihren Nachmittagskaffee auf dem Campingplatz genießen zu können. Immerhin hatten wir auf diese Weise Bad Gandersheim, den Harz und Rotenburg an der Fulda kennengelernt.

Heimlich stellte ich den Wecker auf 5:15 Uhr, eine vertraute Uhrzeit für meine Beiden, hatte doch der Wecker sie während ihres Arbeitslebens stets zu dieser Zeit aus dem Schlaf gerissen.
Sie standen klaglos auf, dennoch dauerte es sage und schreibe 3 1/2 Stunden bis wir die Autobahn, die nächste Auffahrt ist nur 3 Kilometer von unserem zu Hause entfernt, erreichten.

Mit einer Durchschnittsgeschwindigkeit von 66 Kilometern pro Stunde, erreichten wir dann 9 Stunden später endlich Rothenburg ob der Tauber. Mit dem Wohnwagen hinten am Auto waren wir häufig nur etwas über 7 Stunden unterwegs gewesen und das war meinen Beiden schon ein zu langer Fahrtag. Jetzt, wo wir unser gesamtes Reisegepäck im oder am Auto hatten, schien uns ein Zwischenstopp unnötig, schließlich waren wir schon häufig nur mit dem Auto zum Weihnachtsmarkt nach Rothenburg ob der Tauber gefahren. Rothenburg zur Weihnachtszeit ist wunderschön.
Doch jetzt war August, wir mit einem Zelt unterwegs, das aufgebaut werden wollte und dem völlig egal war, wie lang unser Fahrtag gewesen war, und dass die für Maria so wichtige Kaffeezeit längst vorüber war.

Wolfgang hatte leider nicht unseren üblichen Stellplatz auf dem Campingplatz reserviert, ihm schien ein Stellplatz ohne Rasengitter geeigneter fürs Zelt. Ehrlich gesagt, waren Maria und ich da ganz anderer Meinung, aber 2021 war ja eh alles ganz anders. Warum also nicht mal einen anderen Stellplatz ausprobieren.

Ich hoffte, der Aufbau würde problemlos über die Bühne gehen, schließlich hatten wir ausgiebig im heimischen Garten geübt. Unsere Campingnachbarn, es war ja inzwischen Abendbrotzeit, positionierten ihre Stühle natürlich so, dass sie uns problemlos zugucken konnten. Kein gutes Gefühl für mich und ich versuchte sie zu ignorieren.
Und dann? Ich hätte im Erdboden versinken können, löste sich doch tatsächlich anfangs immer wieder der Schlauch vom Ventil der Zeltschläuche und auch das Stahlrohrgestänge im Eingangsbereich haben meine Zwei etwas umständlich eingesetzt. Aber Hallo, hatten wir das nicht zu Hause geübt? Ansonsten verlief der Aufbau, Gott sei Dank, problemlos und sehr ruhig.
Übrigens, ich schaue anderen Campern beim Auf- oder Abbau sehr gerne zu. Egal ob sie mit Zelt, Wohnwagen oder Wohnmobil unterwegs sind. Kann Bär was lernen oder auch gerne helfend eingreifen. Ich weiß nur nicht so recht, wie die Leute reagieren würden, wenn ein Plüschbär ihnen sagt oder zeigt wie es geht.

Nach dem langen Fahrtag und dem ersten „richtigen" Aufbau unseres Zeltes war zur Schlafenszeit lediglich unser Schlafbereich perfekt eingeräumt.

Jedenfalls bis Maria irgendwann in der Nacht wach wurde, weil sie sich von der „kühlen“ Luft ihrer Luftmatratze umzingelt fühlte. Ich hatte alle Tatzen voll zu tun, meinen Schlafsack zu verteidigen.

Ich vermutete zu wenig Luft in ihrer Matratze. Allerdings war Wolfgang nicht bereit gewesen mitten in der Nacht die Luftpumpe aus dem Auto zu holen. Er wollte die anderen Camper nicht stören. Das Auto hätte alle seine Scheinwerfer angemacht, die Leaving-Home Funktion war noch nicht ausgeschaltet, und die Luftpumpe macht ja auch ganz schön viel Lärm. Kurzum, Wolfgang vertröstete Maria auf den nächsten Tag. Maria wäre nicht so rücksichtsvoll den anderen Campern gegenüber gewesen, wenn sie gewusst hätte, wo Wolfgang die Luftpumpe hingetan hat. So hat sie sich ihre graue Sternchendecke auf die Luftmatratze gelegt und sich nur mit ihrem leichten Federbett zugedeckt.

Am nächsten Tag wurde die Luftmatratze besser aufgepumpt, eine dicke Wolldecke als Auflage für Marias Matratze gekauft, sowie eine leisere Luftpumpe angeschafft.
Hätte Maria zu Hause auf mich gehört und ihr Weihnachtsgeschenk von Wolfgang, eine dicke wei-

che Kuscheldecke mit einem großen Teddybären drauf mitgenommen, hätten wir kein Geld für eine zusätzliche Decke ausgeben brauchen. Aber ihr Kommentar dazu war: Es ist Sommer, da muss die Decke nicht sein. Meine Frage, warum wir, wenn doch Sommer ist, Kuschelteppiche für das Schlafzelt gekauft haben, blieb unbeantwortet. Die Teppiche sind allerdings wirklich super, hätte ich ungern drauf verzichtet.
Fürsorglich wie Maria ist, dauerte es nicht lange und auch unter meinem Schlafsack lag eine Wolldecke und auch Wolfgang blieb nicht verschont. Fanden wir kuschelig und gemütlich.

Am Ende unserer Reise besaß Maria vier Wolldecken, die sie gerecht aufteilte. Zwei wärmten sie von unten als Matratzenauflage und zwei Decken wärmten sie von oben und lagen über ihrem dünnen Federbett.

Das erste Frühstück vor dem Zelt.

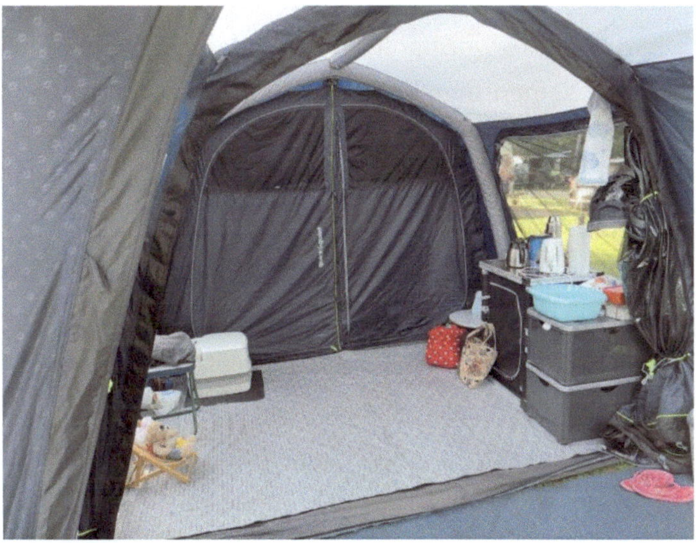
Fertig eingerichtet.

Der erste Tag

Wir hatten Glück, pünktlich zum Beginn unserer Reise startete der Sommer richtig durch.
Maria hätte gerne eine etwas optimalere Wärmeverteilung zwischen Tag und Nacht gehabt, aber ich fand die nächtlichen 15 Grad ganz in Ordnung. Ich fror nicht in meinem Schlafsack, und ja, tagsüber heizte unser Zelt ganz ordentlich auf, aber das hatte unser Wohnwagen trotz seines Alters auch gekonnt.

In unserem Zelt, komfortabel und auf vier Personen ausgelegt, sollten doch locker zwei Menschen und mindestens zwei Bären Platz finden. Aber nein! Ich durfte keinen meiner Teddybärfreunde mitnehmen. Ja, wir haben weniger Platz zur Verfügung als im Wohnwagen, aber doch nur im Auto, nicht im Zelt. Es machte mir keinen Spaß, tagsüber alleine im Schlafzelt zu sitzen. Halt, ganz alleine war ich nicht, meine kleine gelbe Gummiente Fridolin war bei mir. Sie passt ja auch in meinen Koffer und nimmt keinen zusätzlichen Platz ein.
Ist echt langweilig im Schlafzelt zu sitzen, da gibt es kein Fenster zum Rausgucken wie im Wohnwagen, und ich kann doch nicht den ganzen Tag lesen. Ich

hätte mir sogar Licht anmachen können, schließlich hatten Wolfgang und ich für sehr praktische Nachttischlampen gesorgt. Und wäre mir kalt, könnte ich den kleinen Heizlüfter anstellen. Sogar die Campingtoilette zieht tagsüber aus dem Wohnbereich in den Schlafbereich um.

Mich wollte Maria aus Sicherheitsgründen, wie sie behauptete, nicht den ganzen Tag im Wohnbereich sitzen lassen.

Dabei ist es gerade im Wohnbereich so spannend. Es war sehr warm und der vordere Eingangsbereich des Zeltes bis auf das Insektenschutznetz komplett geöffnet.

Es war leicht, Maria zu überreden, meinen Liegestuhl doch im Wohnbereich aufzustellen. Wie soll ich ein Buch über unsere Zeltreise schreiben, wenn ich nicht mitbekomme, was um unser Zelt herum passiert und erst im Zelt?

Was zu Hause und im Wohnwagen Routine ist, musste sich jetzt erst einspielen. Klar, aufstehen und duschen gehen ist identisch, auch dass Maria immer als erste losmarschiert, während wir, Wolfgang und

ich, uns in unseren Betten nochmal zurecht kuscheln.
Muss angenehm gewesen sein bei ihren früheren Zeltreisen, als Maria zwar auch früh aufgestanden ist, sich dann aber mit ihrem Buch nach draußen vor das Zelt gesetzt hat. Warum macht sie das jetzt eigentlich nicht? Könnten Wolfgang und ich endlich mal ausschlafen. Vielleicht sollte ich ihren Campingstuhl mal einladend vor das Zelt stellen.
Ich war gespannt auf das erste Frühstück im Zelt und darauf wie Maria mit den Gegebenheiten zurechtkommen würde.
ImTaubertal kann es morgens durchaus etwas feucht und kühl sein, aber unser Stellplatz lag tatsächlich schon morgens im schönsten Sonnenschein. Unser üblicher Stellplatz liegt zur Frühstückszeit noch im Schatten und wir frühstücken eher im als vor dem Wohnwagen.

Im Wohnwagen hatte alles seinen Platz in den Schränken und Schubladen. Der Frühstückstisch war im Nu gedeckt, Kaffeemaschine und Eierkocher brauchten nur aus dem Schrank genommen, und auf den Küchenblock gestellt werden. Da war genug Platz und es gab genügend Steckdosen. Im Zelt jedoch war alles anders.

Geschirr, Besteck, Wasserkocher, Eierkocher und Kaffeekanne wurden in unseren Küchenkisten aufbewahrt und die Ablagefläche auf unserem klappbaren Küchenschrank ist echt nicht groß. Zudem befanden sich Küchenschrank und Stromkabel nicht auf der gleichen Zeltseite. Hätten wir natürlich ändern können, dann hätte der Küchenschrank allerdings den ganzen Tag in der Sonne gestanden. Das fand Maria wegen der darin verwahrten Lebensmittel unpassend.

Ich hatte also allen Grund gespannt zu sein, und wurde überrascht. Maria stellte Wasserkocher und Eierkocher einfach auf unsere Campingtoilette, die ihren nächtlichen Platz gleich neben der Kabeltrommel hatte.

Auch der Frühstückstisch war ruckzuck gedeckt. Das war ja direkt etwas langweilig, denn selbst dass wir, sicher weil sowohl ich als auch unser Zelt echte Hingucker waren, sehr genau von unseren Campingnachbarn beobachtet wurden, blendete Maria vollkommen aus. Nanu.

Mit dem Kaffeekochen hatte ich recht, das Fassungsvermögen unseres Wasserkochers und der zu füllenden Kaffeekanne stimmten nicht überein. Ma-

ria und der Wasserkocher hatten gut zu tun, bis unsere Kaffeekanne gefüllt war.
Ich hatte, als ich zum Thema Kaffeekochen recherchiert hatte, gelesen, dass Kaffee aufbrühen mit Handfilter etwas Meditatives haben kann. Glaubte ich sofort, ich sah ja, wie hingebungsvoll Maria mit Kaffeekochen beschäftigt war.
Dennoch machte ich mir so meine Gedanken, schließlich planten wir rund 6 Wochen unterwegs zu sein und waren erst am Anfang unserer Reise.
Das Kaffeekochen in dieser Form nimmt deutlich mehr Zeit in Anspruch als lediglich eine Kaffeemaschine mit Wasser und Kaffeepulver zu füllen.

Bei anderen Campern hatte ich neben Kaffeemaschine, Padmaschine, Kaffeevollautomat auch Espressokannen und French Press wahrgenommen.

Wenn schon unsere Kaffeemaschine nicht in unsere Küchenkiste passte, dann galt das auch für einen Kaffeevollautomaten und eine Padmaschine. Die Nutzung unserer Espressokanne schloss ich aus. Maria und unser Gaskocher vertragen sich nicht besonders.
Die French Press schlossen meine Zwei aus. Die hatten sie vor vielen Jahren ausprobiert und der zube-

reitete Kaffee hatte ihnen nicht geschmeckt. Ich vermute, sie wussten damals nicht, dass Kaffeepulver für die French Press gröber gemahlen sein muss. Ich glaube, ich finde das Ding nicht unpraktisch. Kaffeepulver rein in die Kanne, heißes Wasser drauf, ein paar Minuten ziehen lassen und dann das Kaffeepulver nach unten auf den Boden pressen und fertig ist der Kaffee.
Da wir reichlich gemahlenen Kaffee dabei hatten, der sowohl für eine ganz normale Kaffeemaschine als auch zum Aufbrühen per Hand geeignet ist, brauchten wir allerdings eine andere Lösung.
Ich schnappte mir ein Maßband. Ich wollte wissen, welche Ausmaße eine Kaffeemaschine maximal haben durfte, um in unserer Küchenkiste Platz zu finden.
Es war nicht schwer meine Zwei zu überreden, mit mir nach Ansbach, in einen Elektromarkt zu fahren. Der Besuch dort war erfolgreich. Wir fanden tatsächlich eine kleine Kaffeemaschine, die von der Höhe her gut in unsere Kiste passte.

Beim Frühstück im Sonnenschein vor dem Zelt kamen wir mit Campingnachbarn ins Gespräch. Die hielten uns zunächst doch glatt für absolute Neucamper. Wir und Neucamper? Nur weil das Zelt

neu ist? Meine zwei haben jahrzehntelange Campingerfahrung und selbst ich bin seit 2007 Camper.
Wir sind ja freundlich und erzählten, warum wir Zelten. Sie selbst, mit Wohnwagen unterwegs, nutzen für kurze Campingtouren ein kleines Luftzelt. Das Problem mit der kalten Luft der Luftmatratzen haben sie mit richtigen Matratzenauflagen gelöst. Kommt für uns nicht infrage! Matratzenauflagen benötigen mehr Platz im Auto als Wolldecken und für mich stand fest, auf die nächste Zeltreise nehme ich einen meiner Bärenfreunde mit.

Nach dem Frühstück fuhr Wolfgang zum Einkaufen und ich unterstützte Maria beim Aufräumen und weiteren Einräumen des Zeltes. Also, ich beobachtete sie genau.
Die Campingtoilette bekam genau wie unser kleiner Heizlüfter einen zweiten Stellplatz zugewiesen. Das heißt, tagsüber stand die Campingtoilette im Schlafzelt und der kleine Heizlüfter im Wohnbereich und nachts wechselte die Campingtoilette in den Wohnbereich und der kleine Heizlüfter in den Schlafbereich. In den ersten Tagen und Nächten war unser Heizlüfter noch Arbeitslos. Da war es warm genug, aber er leistete bei Bedarf sehr gute Arbeit. Wir hat-

ten es in seiner Nähe kuschelig warm und sein leises Rauschen störte überhaupt nicht.
Für die Nutzung von Wasserkocher, Kaffeemaschine und Eierkocher stellten wir einen praktischen kleinen Tisch gleich neben der Kabeltrommel auf.

Abends hatten wir sehr gemütlich im Wohnbereich (Küche, gute Stube, Lagerplatz) einen Freitagskrimi geguckt. Nein, wir haben keinen Fernseher dabei, wir nutzten Marias Tablet. Das stand auf dem Küchenschrank und ihre Stühle samt Hocker für die Füße standen davor. Meine Zwei genossen dazu jeder einen Becher fränkischem Wein. Ich verzichtete auf meinen Anteil an der Flasche, einer musste schließlich einen klaren Kopf behalten.
Der Höhepunkt des Abends war für mich eine dicke fette Spinne, die sich in Marias Kulturtasche verkriechen wollte. Ich machte Maria auf die Spinne aufmerksam und war gespannt, was passieren würde. Hätte ich mir ja denken können, die Spinne wurde von Maria des Zeltes verwiesen.

Von der Spinne in Rothenburg habe ich kein Bild, wohl aber von einer ähnlich großen Spinne, die versuchte unser Zelt in Venedig zu entern.

Im Taubertal

Das Leben im Zelt machte mir Spaß. Von meinem Platz im Wohnbereich hatte ich einen guten Ausblick auf unsere Umgebung. Dass ich gleichzeitig auch unter Beobachtung stand, war mir egal. Unser Zelt und ich waren eben echte Hingucker.

Leider wurde mein Schlaf gelegentlich durch andere Camper etwas gestört. An lauen Sommerabenden sitzen Camper halt gerne draußen und erzählen sich von ihren Reisen. Da muss Bär zuhören, ob er will oder nicht. Ich habe bis jetzt auch noch nicht verstanden, warum dabei meist alle auf einmal erzählen müssen. Und wenn eine Achtköpfige sehr fröhliche Gruppe einen 60. Geburtstag feiert, kann die Feier durchaus bis in die frühen Morgenstunden dauern. Viele der fröhlichen Lieder, die sie sangen, kannte ich nicht. Ich war froh, dass Maria nicht in den Gesang einstimmte. Sie wollte, genau wie ich, einfach nur gerne schlafen.

Nachts hören sich allerdings selbst Gespräche in ganz normaler Lautstärke sehr laut an. Das liegt, wie ich gelesen habe, an den Nachts häufig fehlenden Hintergrundgeräuschen. Auch kann Schall sich bei kühleren Temperaturen schneller und besser ausbreiten.

Meine Zwei haben mir am nächsten Morgen, als ich übernächtigt mit meinem Kaffeebecher in den Tatzen am Frühstückstisch saß, von einer Nacht auf einem Campingplatz in Algeciras erzählt. 1979 waren sie, natürlich mit ihrem kleinen grünen Steilwandzelt, unterwegs nach Marokko. Ihre Fähre rüber über die Straße von Gibraltar nach Marokko hatten sie für den nächsten Morgen gebucht. Der Campingplatz in Algeciras lag an einer Tag und Nacht sehr lauten, stark befahrenen Straße. Ihr Zelt konnten sie nur direkt am Zaun aufstellen. Von anderen Campern hatten sie gehört, dass Fahrzeuge, die direkt am Zaun stehen, nachts häufig aufgebrochen würden. Sicherheitshalber hat Wolfgang die Nacht im Auto verbracht und Maria im Zelt. Maria alleine im Zelt? Wenn sie im Zelt nicht gehört hätten, wenn jemand ihr Auto aufbricht, hätte Wolfgang doch auch eventuelle Hilferufe von Maria nicht gehört? Ich hab gefragt, ein Plüschbär befand sich damals nicht an ihrer Seite.

Maria kann nächtlichen Lärm auf Campingplätzen tatsächlich auch komplett verschlafen. Das funktioniert allerdings nur, wenn der Lärm erst beginnt, wenn sie bereits schläft. In Rothenburg hat sie ein schweres Gewitter komplett verschlafen, während ich lange wach lag. Ich frage mich, ob sie 1979 in der Nacht auf dem Campingplatz in Algeciras überhaupt geschlafen hat.

Es war eine gute Idee von uns gewesen, unsere Zeltreise in Rothenburg ob der Tauber zu beginnen. Ein vertrauter Campingplatz und eine für mich neue Campingvariante passten gut zusammen.
Wir sind gerne hier, fühlen uns wohl im Taubertal und lieben die „Zeitansage" der Kirchturmuhr. Jede viertel Stunde meldet sich die Kirchturmglocke mit einem kleinen Bing. Zu unserem Bedauern leider nur noch tagsüber. Wir fanden die nächtliche „Zeitansage" stets beruhigend und gemütlich.

Detwang, der Ort im Taubertal, in dem sich der Campingplatz befindet, liegt auf einer Höhe von 331 Metern. Rothenburg selbst liegt 430 Meter hoch und ist über den direkten Fußweg in gut 15 – 20 Minuten zu erreichen. Der Höhenunterschied von rund 100 Metern ist für meine Menschin und mich zu Fuß kein Problem. Selbst dann nicht, wenn wir zunächst einen Spaziergang durchs Taubertal unternehmen, um dann einen der zahlreichen anderen Wege hoch in die Stadt zu nehmen.

Mit dem Auto fahren wir meist nur dann, wenn unser Kühlschrank gefüllt werden möchte. Den Linienbus, die Haltestelle liegt direkt vor dem Campingplatz, haben wir noch nicht ausprobiert.

Natürlich ist es auch möglich Rothenburg per Fahrrad zu erreichen. Allerdings nicht für meine Menschin! Wir besitzen keine E-Bikes. Vor einigen Jahren, als wir mit den Fahrrädern zunächst durchs Taubertal und dann hoch in den Ort fahren wollten, hat Maria mich und ihr Fahrrad liebevoll in den Ort, durch den Ort durch und wieder zurück zum Campingplatz geschoben.

Über Rothenburg selbst werde ich in einem meiner nächsten Bücher ausführlich berichten.

Die Zeit hier im Taubertal verging wie immer viel zu schnell. Ich hatte mich gut an das Leben im Zelt gewöhnt.

Ich hatte die Gelegenheit gehabt, Holländern, die mit einem Zeltanhänger unterwegs waren, beim Auf- und Abbau zuzusehen. Das war sehr spannend. Gewundert habe ich mich über die vielen Tüten, Kisten und Taschen, die sie aus ihrem Auto ins

Zelt geräumt haben. Wir hatten uns vor einigen Jahren einen Zeltanhänger mal genauer angesehen und bei dem Modell befanden sich unter dem Bett zahlreiche praktische Kisten für das Reisegepäck.Vermutlich ist das bei älteren Modellen etwas anders. Obwohl es sich bei den Holländern aus meiner Sicht um erfahrene Camper handelte, bei denen jeder Handgriff saß, brauchten sie für den gesamten Aufbau mindestens genauso viel Zeit wie wir für den Aufbau unseres Luxusbungalows, wie Maria unser Zelt nennt. Übrigens, sie sind gleich am nächsten Morgen weiter gefahren. Ich hatte also gute Frühstücksunterhaltung.

Auch das Auf- und Zusammenklappen eines Dachzeltes konnte ich von meinem Platz im Zelt aus gut beobachten. Zwei Nächte stand eine Familie mit Dachzelt auf einem VW-Bus direkt neben uns. War ganz schön mühselig, das Zelt wieder vernünftig zusammenzulegen und ja, es musste dafür komplett leergeräumt werden. Das hatte ich mir ja schon gedacht. Beim Betrachten der Leiter und der Höhe des VW-Busses war ich sicher, dass es mit einem Dachzelt Probleme mit Maria gegeben hätte. Die paar Zentimeter die unser Caddy niedriger als ein VW Bus ist, spielen dabei keine Rolle.

Wir hatten die gut ausgeschilderten Wanderwege rund um Rothenburg genossen und erfolgreich eine Zecke aus Marias Wade entfernt. Ich hatte ihren Impfpass kontrolliert, und hoffte, die letzte Schutzimpfung lag nicht zu lang zurück.
Auf einem Wanderweg mit Liedertafeln versteckte ich mich manchmal im Rucksack. Maria kann nicht singen!!! Sie singt aber gerne und wenn sie die Lieder auf den Tafeln kannte, hat sie uns die Lieder vorgesungen. Da führte leider kein Weg dran vorbei. Das ist mir halt manchmal peinlich.

Wir, und auch unser Zelt hatten ein erstes Unwetter gut überstanden. Das Zelt trotzte den Windböen und stand wie eine Eins. Auch blieb trotz Starkregens und Hagelkörnern mit 4 cm Durchmesser im Zelt alles trocken. Super. Ich erzählte meinen Beiden nicht, dass ich vor Beginn des Unwetters kurz überlegt hatte, ob ich mich mit Fridolin, meinem Koffer und meinem Bett sicherheitshalber in unser Auto zurückziehen sollte. Ich war froh, dass mein erstes Unwetter im Zelt nachmittags stattfand. Maria ging es bestimmt nicht anders.

Zu unserer großen Freude hatten wir auch tatsächlich im Elektromarkt in Ansbach eine Kaffeemaschine gefunden, die perfekt in unsere Küchenkiste passte. Gut, dass ich die Kiste nochmal ausgemessen hatte.

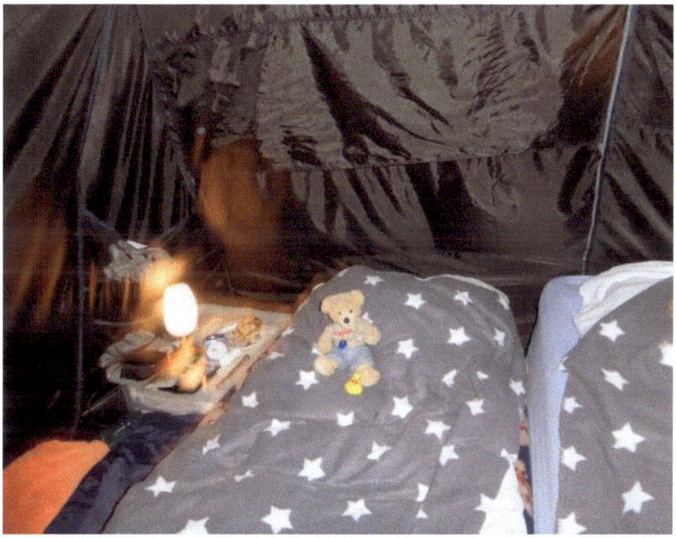

Unser Schlafzelt.

Es geht weiter

Und dann war es tatsächlich so weit. Unsere Zelt-Einlebungsphase in Rothenburg ging zu Ende. Der erste Platzwechsel!

Jetzt hieß es Packen! Ich war sehr gespannt. Wie lange würden wir brauchen? Schaffen wir es, die vielen neu gekauften Wolldecken und Marias Kaffeemaschine auch noch im Auto unterzubringen? Meine zwei hatten mich vorgewarnt, Abbauen und Einpacken unserer Zeltausrüstung müsse sich genau wie das Auspacken und Aufbauen erst einspielen.

Mit unserem Wohnwagen waren wir ein eingespieltes Team gewesen. Jeder von uns wusste genau was er zu tun hatte. Ich zum Beispiel hatte die Aufgabe alles zu beobachten, schon mal rechtzeitig im Auto Platz zu nehmen und dezent auf die eine oder andere Sache, die es noch zu erledigen galt, hinzuweisen.

Am Vorabend unserer Weiterreise hatten wir alles, was wir nicht mehr unbedingt benötigten, eingepackt. Da es für uns drei die erste Weiterreise mit dem Zelt war, planten wir morgens zunächst das

Zelt abzubauen, das Auto zu packen und danach Frühstücken zu gehen. Super, Frühstücken gehen wir sonst nur auf der Fähre. Und das auch nur, wenn wir nicht in unserem Wohnwagen, sondern in einer Kabine übernachtet haben.

Unser Tag begann früh, so früh, dass alle Camper, die uns seit Tagen beobachtet hatten noch in ihren Betten lagen. Eineinhalb Stunden haben wir gebraucht, dann war alles verstaut. Es wäre noch ein wenig schneller gegangen, wenn meine Zwei daran gedacht hätten die beiden Luftschlauchstangen, die zur Stabilisierung zwischen die großen Luftschläuche geklemmt werden, rechtzeitig zu entfernen. Na ja, muss sich eben alles erst einspielen. Jetzt habe ich die Aufgabe, sie künftig daran zu erinnern. Mach ich, schon im eigenen Interesse. Ich liebe es nicht, anderen Campern ein Schauspiel zu bieten.
Zu meiner Überraschung haben wir es tatsächlich geschafft, unser gesamtes Reisegepäck wieder im, am und auf dem Auto unterzubringen.
Unser Zelt haben wir übrigens pitschnass einpacken müssen. Nein, es hatte nicht geregnet, Schuld war die normale nächtliche Feuchtigkeit im Taubertal.
Erst den ganzen Campinghaushalt einpacken und dann Frühstücken gehen, genauso haben meine Bei-

den in den achtziger Jahren des vorigen Jahrhunderts ihre Zeltreisen in die Türkei beendet. Die erste Etappe ihrer Heimreise begann meist in Kusadasi, und da im Campingrestaurant morgens ein sehr gutes Frühstück angeboten wurde, haben sie am Abreisetag erst gepackt und dann im Restaurant gefrühstückt.

In Rothenburg hatten wir uns für ein Café mit einem großen Parkplatz entschieden. So konnten wir das vollgepackte Auto direkt vor dem Café parken und im Blick behalten.
Ich war etwas aufgeregt und sehr gespannt auf das Frühstücksangebot. Für jeden von uns war etwas dabei. Maria bekam ein kleines Frühstück, Wolfgang ein großes Frühstück, ich ein Glas Honig und für uns alle haben wir Kaffee bestellt.

Gut gestärkt ging es gegen 9:30 Uhr Richtung Bella Italia. Ich war echt erstaunt, schließlich verließen wir Campingplätze sehr selten vor 10 Uhr.
Ihre Behauptung, Campingplätze früher häufig schon vor 8 Uhr verlassen zu haben, könnte also tatsächlich stimmen.

Leifers 1

Unser Ziel war ein uns gut bekannter Campingplatz in Leifers bei Bozen. Wir mögen den Campingplatz und sind immer wieder für einige Nächte dort.
Ich war gespannt auf die Fahrt über die Alpen ohne Wohnwagen. War ja keine andere Strecke als mit Wohnwagen, aber wie würden wir vorankommen? Kann Wolfgang schneller fahren als mit Wohnwagen? Also Wolfgang, das Auto und ich könnten, aber was ist mit Maria? Ist sie ohne Wohnwagen hinten am Auto eine entspanntere Beifahrerin?
Nein ist sie nicht! Über ihre Beifahrerqualitäten habe ich in meinen bisher erschienenen Büchern bereits mehrfach berichtet und gehe deshalb jetzt nicht ins Detail.

Rund 470 Kilometer lagen vor uns und das bei schönstem Sonnenschein. Ungefähr ab dem Rasthof Allgäuer Tor sollte ich also in der Ferne die Allgäuer Alpen sehen können. Von dort ist es auch nicht mehr weit bis Füssen. In Füssen endet die Autobahn und es geht durch den Grenztunnel nach Österreich. Der Tunnel,1248 Meter lang, besteht leider nur aus einer Röhre und führt von Füssen/Deutschland nach Vils/Österreich. Neugierig wie ich bin, wollte

ich wissen, wann ich denn genau die Grenze zwischen Deutschland und Österreich überschreite.
932 Tunnelmeter liegen in Deutschland und die restlichen 352 Meter liegen in Österreich.
Meine Beiden haben mir erzählt, dass sie bis zur Eröffnung des Tunnels im Juli 1999 durch Füssen fahren mussten um nach Österreich zu gelangen. Das hat natürlich länger gedauert als heute mit dem Tunnel.
Bereits im Tunnel beginnt, nach dem Grenzübertritt von Deutschland nach Österreich, die Fernpassstraße B 179. Insgesamt liegen, bis wir bei Telfs die Autobahn Richtung Innsbruck erreichen, rund 76 Kilometer Landstraße vor uns. Ich liebe diese Strecke. Maria nicht.
Klar es ist eine Fahrt mit vielen Kurven und rauf und runter und ja, es gibt auch einige schmale Stücke und ja manchmal ist viel Verkehr. Trotzdem, Wolfgang und ich mögen diese abwechslungsreiche Strecke. Gleich hinter Reutte schaue ich immer nach oben, denn hier überquert die Highline B179 in 114,6 Meter Höhe das Tal. Sie verbindet die Burgruine Ehrenberg mit dem Fort Claudia, einer Festung aus der Römerzeit. Die Brücke ist 406 Meter lang und hat eine Gehwegbreite von 1,20 m. Gerne würde ich mir die Brücke mal näher ansehen und auf ihr das

Tal überqueren. Der Blick nach unten muss spektakulär sein, schließlich besteht der Fußweg aus einem Gitter. Bis zu 500 Menschen dürfen gleichzeitig auf die Brücke, und das bis zu einer Windgeschwindigkeit von 60 km/h. Mit meiner unter Höhenangst leidenden Menschin wird das wohl eher nichts. Ich denke, trotz ihrer Höhenangst könnten wir hoch zur Burg Ehrenberg wandern und einen Blick auf die Brücke werfen. Zudem führt der Weg durch einen Zauberwald, der interessiert mich auch. Das behalte ich mal im Auge.

Nicht ohne Grund heißt die B179 Fernpassstraße, denn sie führt direkt zum und über den Fernpass. Der Fernpass entstand vor über 4000 Jahren durch einen Bergsturz, der gewaltig gewesen sein muss. Ich habe gelesen, archäologische Funde belegen, dass der Fernpass schon in vorrömischer Zeit für den Handel mit Bernstein zwischen der Ostsee und Oberitalien und sogar Griechenland genutzt wurde.

Noch bevor wir den Fernpass erreichen, kann ich bei gutem Wetter die Zugspitze sehen. Und, wenn ich ganz viel Glück habe, finden wir einen freien Parkplatz und können bei einer kleinen Pause den Blick auf die Zugspitze genießen. Die ist immerhin 2962 Meter hoch und damit Deutschlands höchster Berg.

Übrigens liegt sie nicht komplett in Deutschland, ein Teil liegt in Österreich.

Der Fernpass liegt auf einer Höhe von 1216 Metern und zählt zu den am meisten befahrenen Alpenpässen der Ostalpen. Wir haben dort schon sehr unterschiedliche Verkehrssituationen erlebt. Er wird natürlich auch sehr gerne von Motorradfahrern genutzt, von denen einige ihre Schutzengel mit waghalsigen Überholmanövern ordentlich herausfordern. Fußgängern und Radfahrern steht ein eigener Weg über den Fernpass zur Verfügung, der sich an der alten Römerstraße Via Claudia Augusta aus den Jahren 46/47 orientiert.
Haben wir den Fernpass überquert und dabei einen Blick auf den Fernsteinsee geworfen, geht es weiter auf der B189 Richtung Telfs. Auch keine einfache Strecke für Maria, obwohl ich finde, dass die Straße hoch auf den 1119 Meter hohen Holzleitensattel gut ausgebaut ist. Erst, wenn wir durch einen wunderschönen Wald runter nach Obsteig fahren, wird sie schmal. Zu Marias Leidwesen wird diese Strecke durchaus auch von Radfahrern genutzt. Eine schmale Straße bergab und Radfahrer, das ist nicht immer leicht für Wolfgang und mich mit Maria im Auto.

Sie vergisst auch nie, uns auf die Blitzanlage gleich am Ortseingang von Obsteig hinzuweisen. Obsteig gehört zum Mieminger Sonnenplateau, einer Mittelgebirgsterrasse mit mehr als 2000 Sonnenstunden im Jahr.
Bei Telfs geht es dann für uns auf die Inntalautobahn Richtung Brenner. Wir ignorieren allerdings stets die Hinweisschilder auf die erste Autobahnauffahrt und fahren quer durch die Stadt, nutzen dazu zahlreiche Kreisverkehre, um dann an „unserer" gewohnten Tankstelle unser Auto vollzutanken.
Rund 150 Kilometer Autobahn liegen dann noch vor uns bis wir bei Bozen in Richtung Leifers abbiegen würden. Ich war etwas unruhig, es waren sehr viele Camper unterwegs und wir hatten entgegen unserer Gepflogenheiten auf dem Campingplatz in Leifers angerufen und nach einem Platz gefragt. Die freundliche Dame am Telefon teilte uns mit, der Platz wäre ausgebucht. Auch zwei weitere Plätze in Meran, bei denen wir nachgefragt hatten, waren ausgebucht. Ich fragte meine Beiden wo wir denn dann für die kommende Nacht unser Zelt aufbauen wollen. Ihre Antwort sollte mich beruhigen, notfalls würden wir bis Fusina/Venedig durchfahren. Das wären nochmal 270 Kilometer obendrauf und dann noch das

Zelt aufbauen. Ich war mir nicht sicher, ob das wirklich eine gute Idee ist und war keineswegs beruhigt. Ich beschloss, das Thema noch einmal anzusprechen, sobald wir die Grenze von Österreich nach Italien überschritten hatten. Maria machte sich bestimmt auch schon Gedanken.

Wir hatten uns, wie meist, für die Brennerautobahn oder wie sie in Italien genannt wird, die Autostrada del Brennero entschieden. Die Grenze liegt in 1370 Metern Höhe auf dem Brennerpass. Es ist bei normaler Verkehrslage und wenn es mal keine Baustellen gibt und die Sonne scheint, der schnellste Weg für uns nach Italien. Sind wir mit dem Wohnwagen unterwegs, dürfen wir allerdings in Italien auf der Autostrada del Brennero nicht überholen. Da für Gespanne in Italien jedoch ohnehin eine Höchstgeschwindigkeit von 80 km/h besteht, war das nie ein Problem. Das Überholverbot und die Geschwindigkeitsbegrenzung für Gespanne werden allerdings nicht von allen Gespannfahrern eingehalten. Ich glaube es kann ziemlich teuer werden, wenn man erwischt wird.
Vom Brenner bis zur Autobahnabfahrt Richtung Leifers sind es nur etwa 80 Kilometer. Ich war keineswegs überrascht, als Maria Wolfgang bat, zum

Campingplatz nach Leifers zu fahren, um persönlich nachzufragen, ob ein Platz für eine Nacht frei wäre. Ich fand ihre Begründung interessant. Wir hätten ja nur telefonisch nach einem Platz gefragt und da wäre ein Nein einfacher, als wenn man persönlich an der Rezeption steht und fragt. Wie kommt sie darauf? Hat sie das an ihrem Arbeitsplatz gelernt? Egal! Wir fuhren zum Campingplatz, Wolfgang ging zur Anmeldung und siehe da wir konnten bleiben. Allerdings war es nicht möglich unser Zelt aufzubauen, dafür war wirklich kein Platz frei aber uns wurde eine Hütte angeboten. Der Mitarbeiter an der Rezeption kennt uns und machte uns einen Sonderpreis. Die Hütte war natürlich trotzdem teurer als ein Stellplatz fürs Zelt, aber nicht nur ich war begeistert.

Übrigens, am Eingangstor des Platzes hing ein großes Schild auf dem „Platz belegt" stand.

Meine Menschen hatten während ihrer früheren Zeltreisen immer mal wieder in Campingplatzhütten übernachtet und dass ich gleich bei meiner ersten Zeltreise in einer Hütte übernachten durfte, fand ich natürlich super. Auf vielen Campingplätzen gibt es die Möglichkeit sich eine Hütte, einen Wohnwagen, ein Mobilheim oder sogar ein Zelt zu mieten. Wir hatten auch durchaus einkalkuliert, von dieser Möglichkeit Gebrauch zu machen. Allerdings bei Regenwetter und nicht bei allerschönstem Sonnenschein.

„Unsere“ Hütte war mit einem Doppelbett für uns drei, einem Waschraum mit Toilette und Waschbecken, einer winzigen Küchenzeile mit Kühlschrank sowie einer kleinen Essecke in der Hütte und einer Sitzecke vor der Hütte ausgestattet.

Wir holten uns alles was wir für unsere Übernachtung brauchten aus dem Auto, darunter auch unser kuscheliges Bettzeug. Das in der Hütte vorhandene Bettzeug hatte Maria sorgfältig beiseite gelegt. Wir verzichteten auch darauf, unsere Kühlbox an den Strom anzuschließen und räumten den Inhalt einfach in den Kühlschrank.
Unser immer noch nasses Zelt konnten wir, glücklicherweise, hinter unserer Hütte zum Trocknen in die Sonne legen. Darüber war ich recht froh, ich hatte Sorge, unser Zelt könnte anfangen zu müffeln, wenn es weiter nass im Auto liegen würde.
Ich war glücklich, endlich Palmen, Sonne und Oleander zu sehen und genoss die Wärme. Während

Wolfgang vom Campingplatzrestaurant die für uns hier übliche Pizza holte, deckten Maria und ich den Tisch der kleinen Sitzecke vor der Hütte.
Die Pizza war wie immer vorzüglich und Marias und mein Nachtisch, das erste italienische Eis auf dieser Reise, auch.
Nach Pizza und Eis brauchten wir etwas Bewegung und haben einen Spaziergang über den Campingplatz gemacht. So voll hatte ich den Platz noch nie gesehen, selbst auf dem Spielplatz standen einige kleine Zelte. Das Belegt-Schild hing völlig zu Recht vorne am Eingangstor.
Abends im Bett, als wir dem Rauschen der Toilettenspülung aus der Nachbarhütte lauschten, fragte ich meine zwei, wie denn die Hütten auf ihren früheren Zeltreisen waren.
Maria war nicht überrascht, die Toilettenspülung unserer Nachbarn zu hören, es ist nicht ungewöhnlich, in „Reihenhütten" etwas am Leben der Nachbarn teilzunehmen. Auch hätten die wenigsten von ihnen früher genutzten Hütten den Luxus einer eigenen Toilette gehabt. Da mussten nicht nur die Duschen des Campingplatzes genutzt werden, sondern auch die Toiletten. Das war für Maria nicht immer einfach, besonders auf einem Platz in der Türkei. Da liefen zu viele neugierige Hunde auf dem Platz rum.

Eins hätten alle Hütten, Bungalows oder in einem Fall ein großes Weinfass gemeinsam gehabt: Mücken! Gut, dass wir unseren Mückenstecker haben. Der Duft, den der verströmt, mögen die Mücken nicht.

Unser Bett war ganz bequem, ich hatte gut geschlafen und nach einem gemütlichen Frühstück, natürlich vor der Hütte, das Einpacken beaufsichtigt und nebenbei vorwitzige Spatzen gefüttert.

Gegen 10 Uhr ging es für uns weiter Richtung Venedig. Da würden wir das Zelt wieder aufbauen und darauf freute ich mich.

Frühstück vor der Hütte.

Fusina/Venedig

Rund 320 Kilometer lagen vor uns. Unser Ziel sollte ein Campingplatz in Cavallino-Treporti sein. Der Platz, wir hatten ihn bereits vor einigen Jahren mit unserem Wohnwagen besucht, liegt in einem großen Pinienwald direkt am Meer. Wir wollten das Meer und den schönen breiten Sandstrand einige Tage genießen und dann auf die andere Seite von Venedig wechseln, nach Fusina.

Es kam was kommen musste: Wir fuhren direkt nach Fusina, ohne Umweg über Cavallino-Treporti. Typisch meine Beiden! Da fahren wir mit dem festen Vorsatz ein paar Tage Badeurlaub zu machen aus Leifers ab, geben die Koordinaten des Campingplatzes am Strand ins Navi ein und kurz bevor wir den Abzweig nach Fusina erreichen entscheiden sie sich, angeblich spontan, doch lieber gleich dorthin zu fahren.
Mir war es recht, wer weiß, wie voll der Campingplatz im Pinienwald gewesen wäre.
Den Campingplatz in Fusina kennen wir gut. Ein Campingplatz, auf dem die meisten Camper nur 2–3 Tage bleibe, um Venedig zu besuchen. Wir sollten also unterkommen.

Auf dem Campingplatz gibt es keine parzellierten Stellplätze. An der Rezeption werden lediglich die Areale genannt, die genutzt werden dürfen. Uns standen die gleichen Areale wie immer zur Verfügung. Super, schließlich habe ich auf diesem Campingplatz einen Lieblingsbereich. Ich möchte von unserem Stellplatz wenigstens einen kleinen Blick auf die Lagune und Venedig haben.
Und ich hatte Glück, ein ausreichend großer Platz war frei. Ich bin sicher, genau da wo wir unser Zelt aufgebaut hatten, stand auch schon unser Wohnwagen.

Der Zeltaufbau klappte ebenso wie das Einräumen des Zeltes reibungslos. Wir hatten auch fast keine Zuschauer, die meisten Camper waren in Venedig unterwegs. Ich freute mich, die kommende Nacht wieder in unserem Zelt schlafen zu können. Die Übernachtung in der Campingplatzhütte in Leifers war für mich ein besonderes Erlebnis gewesen, aber ich hatte mich inzwischen ja gut an das Leben in unserem Zelt gewöhnt und es war auf dieser Reise mein Zuhause. Und zuhause schläft man doch immer am besten.

Nun war ich gespannt, wie unser Zeltleben hier in Italien ablaufen würde und war überrascht, wie schnell sich unser Leben hier im Zelt einspielte. Einmal am Tag kümmerten wir uns um unsere Wasserversorgung, denn anders als in Rothenburg ob der Tauber hatten wir keinen eigenen Wasserhahn neben dem Zelt zur Verfügung. Hier kam unsere eigene, sehr praktische Wasserversorgung ins Spiel. Wir stellten unseren Wasserkanister auf einen kleinen Hocker und direkt darunter einen kleinen Eimer für das Abwasser. Praktischerweise verfügt unser Kanister über einen Wasserhahn. Auch die sonstige „Hausarbeit", also Zelt aufräumen, Frühstück machen und Essen kochen klappte immer besser. Ich glaube allerdings nicht, dass unser Gaskocher und Maria jemals dicke Freunde werden. Er hat nur eine Flamme und zickt beim Anzünden tatsächlich etwas rum. Mit dem Gasherd im Wohnwagen hatte sie übrigens noch nie Probleme.
Ich hatte mich auch daran gewöhnt, dass unsere Campingtoilette tagsüber im Schlafzelt ihren Platz hatte. Ich hasse Toilettenbesuche und erst recht mag ich mich nicht länger als unbedingt nötig in einem Toilettenraum aufhalten. Und nur weil Frau Schuett gerne ihr eigenes Klo benutzt und Herr Schuett der Frau Gemahlin diesen Wunsch erfüllt..... Okay war

ein Argument mehr für mich, tagsüber das Schlafzelt zu meiden.
Zu den Sanitäranlagen ist es auf diesem Campingplatz immer ein kleiner Spaziergang, der meine Beiden allerdings noch nie gestört hat. Im Gegenteil, Maria liebt es morgens langsam über den Platz dorthin zu schlendern.
Weniger gerne geht sie Geschirr abwaschen. Hier auf dem Campingplatz gibt es keinen festen Raum zum Abwaschen. Die Abwaschbecken für Geschirr sind alle an der frischen Luft und an der Rückwand eines Sanitärgebäudes angebracht. Kein schöner Platz, aber es gibt warmes Wasser. Egal, ob wir mit Wohnwagen oder wie jetzt mit Zelt unterwegs sind, gehen wir dort abwaschen. Also ich nicht, das machen meine Beiden hübsch abwechselnd. Leider ist das auch ein Plätzchen an dem sich die Mücken sehr gerne aufhalten.

Schon in meinem letzten Buch hatte ich die Mücken erwähnt. Die sind hier in Fusina irgendwie immer da. Camping ist halt nah dran an der Natur und mit Spinnen und sonstigen kleinen Krabbeltieren muss man als Camper einfach leben. Im Wohnwagen war jedes Fenster mit einem Fliegengitter ausgestattet und an der Tür hing ein Vorhang. Dennoch verirrten sich ab und zu Mücken, Fliegen, Spinnen und Wespen in unseren Wohnwagen. Ein Zelt ist etwas schwieriger Insektenfrei zu halten, auch wenn der Eingangsbereich, wie bei unserem Zelt, komplett mit einem Moskitonetz ausgestattet ist. Ich war froh, dass wir im Zelt Strom zur Verfügung hatten. So konnten wir genau wie im Wohnwagen unseren „Mückenstecker" nutzen. Der Stecker wird mit einem „Stinkeplättchen" gefüttert, in die Steckdose gesteckt und strömt dann einen Geruch aus, den Mücken nicht mögen. Insekten scheinen recht neugierig zu sein und sie lieben offenbar Zelte. Eine richtig dicke große Spinne, die vor unserem Zelt herumlungerte, hatten wir daran gehindert unser Zelt zu betreten. Kleinere Spinnen stören uns nicht, die lassen wir meist in Ruhe, aber Ameisen im Zelt, das geht nicht. Erst recht nicht, wenn Maria zum Nachmittagskaffee einen Keks aus unserer Keksdose nimmt, genussvoll reinbeißt und dann sieht, dass es in der Dose und auf dem Keks in ihrer Hand nur so von winzig kleinen Ameisen wimmelt. Die Keksdose hatte ihren Platz übrigens in einer unserer großen Küchenkisten. Die Ameisen hatten keine Wahl, sie mussten ihr Bündel schnüren und weiterziehen. Ich plante für die nächste Zeltreise, die uns nach Griechenland führen sollte, Ameisenpulver mitzunehmen. Natürlich nichts was ihnen schadet, nur etwas was sie nicht mögen und sie veranlasst unser Zelt zu meiden.

Das Ameisenpulver würde ich genau wie das Schwefelpulver, mit dem ich Schlangen von unserem Zelt fern halten wollte, um unser Zelt streuen.
Ich hatte auf griechischen Campingplätzen schon häufiger Schlangen gesehen und beobachtet, wie eine Schlange unter einem Zelt verschwand. Der Campingplatzchef hatte uns damals etwas von Schwefelpulver erzählt, das er rund um den Platz gestreut hatte.
Von der Sandviper die meine Beiden auf einem Campingplatz am Schwarzen Meer unter einem Zelt haben verschwinden sehen und der dicken großen grünen Schlange, die in Kusadasi über den Campingplatz kroch, habe ich ja schon in einem meiner Bücher berichtet. Da ich meinen Schlafsack weder mit einer Schlange noch mit Ameisen teilen möchte, gehörten für mich also Schwefelpulver und Ameisenpulver ins nächste Reisegepäck.

Von meinem Platz im Wohnbereich unseres Zeltes hatte ich einen guten Blick auf die Lagune und Venedig in der Ferne.

Wir leben in Norddeutschland und der Anblick von großen Schiffen ist mir sehr vertraut. Hier genieße ich es, sie ganz langsam am Campingplatz vorbeifahren zu sehen. Ihr Ziel ist entweder der Fährhafen, der gleich neben dem Campingplatz liegt, oder der Hafen von Marghera. Seit die großen Kreuzfahrtschiffe bei ihren Besuchen in Venedig nicht mehr durch den Markus- und den Giudeccakanal zur Stazzione Marittima fahren dürfen, führt auch ihr Weg zum Liegeplatz in Marghera, am Campingplatz vorbei. Ich schaue mir die Kreuzfahrtschiffe gerne an und mag es, wenn sie beim Verlassen von Venedig ihr Schiffshorn betätigen oder laut Musik spielen. Ob ich jemals an Bord eines Kreuzfahrtschiffes gehen werde?

Bis vor einigen Jahren durften auch die Griechenland Fähren durch den Markus- und Giudeccakanal zur Stazzione Marittima fahren. Der Blick auf Venedig war immer schön. Besonders gefallen hatte es mir, Sonntags ganz früh durch die Kanäle zu fahren, wenn die Stadt noch nicht richtig wach war und ich die Vögel singen hörte und Kirchenglocken zu hören waren.

Venedigs Hafenschlepper sehen genauso aus wie die Schlepper im Hamburger Hafen und ich glaube, ich kenne sie alle. In Höhe des Campingplatzes warten sie häufig auf Schiffe, um sie zu ihrem Liegeplatz im Hafen zu begleiten. Die Schiffe sind natürlich nicht leise und gerade auch die Hafenschlepper verursachen manchmal so ein Dröhnen. Interessant finde ich, dass wir den nächtlichen Schiffslärm hier in Fusina nicht als Lärm wahrnehmen. Er gehört hier einfach hin.

Meine Nachtruhe wird eher durch meine Menschin gestört. Vor dieser Reise hatten Maria und ich ein neues modernes Smartphone bekommen. Neben einigen anderen Apps nutzen wir jetzt auch eine Wetter-App und die hatte für eine Nacht Regen, Gewitter und starken Wind angekündigt. Ich hatte das dann mal schnell nachgelesen: starker Wind entspricht einer Windgeschwindigkeit um 30 km/h und ist damit eine frische Brise. Also keineswegs Sturm so wie Maria behauptet. Das Zelt stand wie eine Eins. Das ist sturmfest, Maria nicht. Ich hatte alle Tatzen voll zu tun, sie zu beruhigen. Ich kenne das ja schon, brauch ja nur an Fährfahrten denken, wo sie behauptet hat, das Schiff würde gleich mit Mann und Maus und uns sinken. Oder

auch im Wohnwagen, wenn ich da an Ioannina in Nordgriechenland vor 2 Jahren denke. Hier ist kein Ast, der aufs Zelt fallen könnte und unser Zelt hält Windstärke 10 aus, also Sturm. Auch zu Hause machen Sturmnächte sie unruhig. Sobald es hell wird, ist alles gut, da kann der Wind wehen.
Aber jetzt Venedig! Von Fusina aus ist die Lagunenstadt gut mit öffentlichen Verkehrsmitteln zu erreichen. Man hat die Wahl zwischen Bus und Vaporetto. Wir fahren immer mit dem Vaporetto. Das Schiff fährt stündlich und nach 25 Minuten Fahrzeit, die ich immer sehr genieße, gehen wir mitten in Venedig von Bord.
Wer meine Bücher kennt, weiß wie gerne ich in Venedig bin. 2021 freute ich mich besonders auf einen ausgiebigen Spaziergang durch die Stadt.
Maria hatte mir einen großen Wunsch erfüllt und mir ein venezianisches Karnevalskostüm genäht. Ja, ich weiß, Karneval ist nicht im Spätsommer, aber ich bin mir nicht sicher, ob wir jemals zur Karnevalszeit nach Venedig reisen werden.
Mein Kostüm, ein Kapuzenumhang aus schwarzem, leicht glänzendem Samt und verziert mit einer goldfarbenen Borte passte perfekt zu meiner echten venezianischen Maske. Meine Maske hatten wir vor einigen Jahren in einem kleinen Laden in Venedig

gekauft. Die Inhaberin des kleinen Maskengeschäftes hat sie selbst angefertigt.
Wir planten, mich an verschiedenen Orten in Venedig zu fotografieren.
Neben meinem Job als Schriftstellbär und Reisebegleitbär bin ich auch Fotomodellbär. Ein Job, der nicht immer ein Vergnügen für mich ist. Diesmal jedoch konnte ich es kaum erwarten, endlich in meinem Kostüm durch Venedig zu bummeln und mich fotografieren zu lassen.
Heimlich hatte ich Marias Fotoausrüstung kontrolliert, tauschte die Speicherkarte des Fotoapparates gegen eine leere Karte aus und lud die Akkus auf, denn ich wollte unbedingt viel fotografiert werden. Ich würde mich nicht ständig nach Hunden, Tauben und anderen Menschen umsehen und nicht genervt stöhnen, wenn Maria meint, mich für ein perfektes Foto etwas anders positionieren zu müssen. Ich würde sehr geduldig sein.

Wir hatten bei dieser Fototour durch Venedig sehr viel Spaß. Wir waren alle drei gut gelaunt und das Wetter zeigte sich von seiner besten Seite. Ich glaube, manchmal erregte ich Aufsehen und manchmal war es wie immer, niemand nahm von uns Notiz.

Bevor wir mit dem Vaporetto zurück zum Campingplatz fuhren, lud ich meine Beiden zum Eisessen bei Nico, unsere Lieblingseisdiele, ein. Ich fand, wir drei hatten uns ein Eis verdient. Maria hatte ganz besondere Fotos von mir gemacht und Wolfgang hatte aufgepasst, dass mir weder Hunde noch Tauben oder andere Menschen zu nahe kamen und ich immer genügend Sicherheitsabstand zu Venedigs Kanälen hatte.

Gut gelaunt fuhren wir zurück zum Campingplatz und konnten es kaum fassen. Unser Zelt war eng umzingelt von anderen Campern. Ein großes italienisches Wohnmobil stand fast direkt vor unserem Zelteingang und auf der anderen Seite, so halb schräg vor uns, hatten vier polnische Wohnmobile eine Wagenburg gebildet. Die Markisenstangen des Italieners berührten fast unsere Zeltleinen und den Bewohnern der Wagenburg war unser PKW etwas im Weg. Wir haben ihn hübsch da gelassen wo er stand, sonst hätten wir am Ende nur noch im Zelt sitzen können. Direkt hinter uns hatten sich Österreicher niedergelassen, die sich dann leider die halbe Nacht draußen unterhalten haben.

Ein derartiges „Einbauen“ hatten wir schon häufiger erlebt und sind dann oft innerhalb des Campingplatzes umgezogen.
Mit einem Zelt wäre ein derartiges Umziehen jedoch mit einem hohen Arbeitsaufwand verbunden und so trösteten wir uns damit, dass viele Camper hier bereits nach 1- 2 Tagen weiterziehen.

Maria erzählte mir, dass sie auf ihrer zweiten Marokko Reise in Quarzazate mit ihrem Wohnwagen zunächst auf einem Campingplatz ganz alleine standen, bis zwei junge Männer mit Auto und Dachzelt ankamen und sich ganz dicht neben ihren Wohnwagen gestellt haben, und das auf einem großen, eigentlich leeren Campingplatz. Ich glaube, die Zwei hatten Angst.
Bei meinen Rundgängen auf dem Campingplatz hatte ich erstaunlich viele Zelte gesehen. Es waren alle möglichen Größen und Arten vertreten auch zahlreiche Dachzelte. Es war fast eine kleine Zeltausstellung. In unserer Nähe standen Schweizer mit einem uralten Dachzelt. Das war aus richtigem festen Baumwollstoff und bestimmt gut imprägniert. Heute bestehen Zelte eher aus Kunstfasern, die leicht Schwitzen oder Wasserdurchlässig sind. Unser Zelt schwitzt zwar auch ein wenig, ist aber Wasser-

dicht und Sturmfest. Das kleine grüne Steilwandzelt meiner Beiden bestand übrigens auch aus Baumwollstoff.

Unsere Wasserversorgung.

Ich bin bereit für einen Bummel durch Venedig.

Mein Lieblingsbild: Venedig 2022.

Gardasee

Nach gut einer Woche auf dem Campingplatz in Fusina ging es für uns weiter. Wir wollten an den Gardasee.

Der Tag begann gut. Maria wurde früh wach und ist tatsächlich schon um 6 Uhr zum Duschen gegangen. Ihre Bemerkung „Oh der Himmel über Venedig sieht schön aus“ ignorierte ich und kuschelte mich tiefer in meinem Schlafsack. Ich wollte nicht schon wieder so früh am Tag für Fotos raus. Hatten wir doch schon so oft und außerdem sollte sie lieber mal flott zum Duschen gehen, wir wollten doch zum Gardasee weiterfahren. Maria war leider ungewöhnlich schnell vom Duschen zurück und der Himmel über Venedig immer noch wunderschön. Da hieß es für mich raus aus dem Schlafsack, kurz das Fell bürsten und meinem Job als Fotomodellbär nachgehen.

Ich war sehr gespannt auf den weiteren Verlauf des Tages. Dieses Mal wollten wir nicht Frühstücken gehen, sondern ganz in Ruhe vor dem Zelt frühstücken. Hatten sogar Unterhaltung. Ein junges Paar mit VW Bus unterhielt den ganzen Campingplatz. Der Mann muss einen sehr wichtigen Job in seiner

Firma haben, so laut und so lange wie er telefonierte und dabei immer hin- und herlief. Das kann nicht gesund sein.
Es war noch früh am Tag und viele unserer Mitcamper saßen gemütlich beim Frühstück, als wir anfingen das Zelt abzubauen und unser Auto zu packen. Das lief alles wie am Schnürchen, ich konnte es kaum glauben. Natürlich hatten wir am Vorabend schon den Küchenschrank abgebaut und im Dachkoffer verstaut und Maria hatte die Küchenkisten soweit wie möglich gepackt. Ich war überrascht, wie schnell meine Beiden unser Zelt ausgeräumt und abgebaut hatten und unser ganzes Gepäck im, am und auf dem Auto verstauten. Bereits um 9:40 Uhr verließen wir den Campingplatz. Hey, ich wusste gar nicht, was in meinen Beiden steckt. Ihre letzte Zeltreise, mal abgesehen von der einen Nacht in Büsum, liegt 39 Jahre zurück. Damals waren sie nach eigenen Aussagen immer so schnell. Halt gut aufeinander eingespielt. Ich fragte mich trotzdem, ob die Beiden heimlich geübt hatten während ich mir ein Schläfchen gegönnt hatte. Allerdings hätte ich das doch bestimmt irgendwie mitgekriegt.
Ich fand meine Zwei jedenfalls super, sie hatten den neugierigen Mitcampern kein Schauspiel geboten und waren überhaupt nicht peinlich.

Unser Ziel am Gardasee war ein Campingplatz bei Lazise. Rund 140 Kilometer lagen laut Navi vor uns. Ich war angesichts des hohen Verkehrsaufkommens auf der Autobahn besorgt. Es waren ungewöhnlich viele Wohnwagen und Wohnmobile unterwegs. Wo wollten die alle unterkommen?
Und dann, ich hatte es schon befürchtet, ein Stau an der Autobahnabfahrt zum Gardasee. Chaos beim Bezahlen der Maut, Chaos bei der schmalen Ausfahrt zum See. Es war, das kann man und auch Bär schon behaupten, fast ein einziger Stau bis zur Zufahrt zum Campingplatz Belvedere. Ich war mir sicher, das wird nix und tatsächlich war auch auf dem Nachbarplatz kein Platz für uns und unser Zelt frei. Besorgt fragte ich mich, wo meine Luftmatratze in der kommenden Nacht stehen würde? Wolfgang hatte uns vor der Reise fünf für uns infrage kommende Campingplätze am Gardasee herausgesucht. Angesichts der katastrophalen Verkehrslage am See entschieden wir uns, die anderen Plätze nicht anzufahren. Wir wollten nicht weiter im Stau stehen um dann doch nur ein „alles Belegt" zu hören.
Schade, ein paar Tage Gardasee hätten mir gut gefallen. Andererseits hatte ich genau da vor einigen Jahren ein ganz furchtbares Erlebnis.

Es war Wolfgangs Geburtstag, den wir damals auf dem Campingplatz bei Lazise verbracht haben. Wir sind an Wolfgangs Geburtstag meist im Urlaub und es gehört dazu, dass wir am Geburtstag gut essen gehen. Natürlich hätten wir das auch auf dem Campingplatz gekonnt, aber der Ort Lazise ist nur rund zwei Kilometer vom Campingplatz entfernt und über einen Spaziergang am Strand erreichbar. Das lockte meine Zwei. Die dunklen Wolken am Himmel veranlasste meine sonst so vorsichtigen Menschen lediglich dazu einen Schirm einzustecken, die Dachluken im Wohnwagen zu schließen und unsere Campingstühle etwas näher an den Wohnwagen ran zu schieben. Sie waren sicher, die dunklen Wolken würden sich wieder verziehen. Na ja, mir sollte es recht sein. Ich mache es mir in Marias Rucksack bequem.

Der Weg am Wasser zog sich. Wir kamen an einigen weiteren Campingplätzen vorbei und es waren auch recht viele Menschen Richtung Lazise unterwegs, die den immer dunkler werdenden Himmel genauso wenig beachteten wie meine Zwei. Ich war zu dem Zeitpunkt schon etwas besorgt. Auf meine Frage, ob es nicht sinnvoll sei, angesichts des immer dunkler werdenden Himmels umzudrehen, hieß es nein, aus

Sicherheitsgründen würden wir auf keinen Fall am Strand entlang zurückgehen. Wir gingen also weiter, aber meine zwei wurden immer schneller und wir erreichten Lazise tatsächlich im Trockenen. Unterwegs hatte ich das Wort Taxi gehört und etwas von einfach an der Straße entlang zurück zum Campingplatz gehen. Wären ja nur zwei Kilometer. Wir fahren selten mit einem Taxi und haben bisher in Italien noch keins genutzt. Obwohl immer mehr dunkle Wolken am Himmel zu sehen waren, schauten wir uns noch, wenn auch nur kurz, in der wunderschönen Altstadt von Lazise um. Maria war unruhig, Wolfgang und ich auch, trotzdem gaben wir uns ganz cool und machten uns ganz ruhig auf den Weg zur Straße. Ich glaube, hätten wir ein Taxi gesehen, wir hätten es sofort genommen. Der Taxistand, an dem wir vorbeikamen, war verwaist und die dort angegebene Telefonnummer konnten wir nicht anrufen. Unser Handy lag im Wohnwagen und eine Telefonzelle war nirgendwo zu sehen. Also zu Fuß zurück zum Campingplatz, zwei Kilometer sollten ja zügig zu bewältigen sein. Dachten wir. Doch leider ging es nicht nur ständig leicht bergan, sondern es wurde auch immer dunkler und der zunehmend stürmische Wind kam direkt von vorn. Natürlich waren es an der Straße entlang auch keine zwei, sondern fast vier Kilometer und es wurde immer schlimmer mit dem Wetter. Es blitzte, donnerte, stürmte und regnete. Ich war mir sicher, die Schlagzeile der Zeitungen am nächsten Tag würde lauten: Berühmter Schriftstellbär am Gardasee vom Blitz erschlagen!

Pitschnass, also ich nicht, der Rucksack war Wasserdicht dank eines Überziehers, den Maria über den Rucksack gezogen hatte (bestimmt nur zu meinem Schutz und nicht um ihre Fotoausrüstung zu schützen), erreichten wir den Campingplatz. Maria hatte zwar einen Schirm dabei aber alle drei passten wir nicht drunter und genaugenommen wollte Maria auch, dass Wolfgang etwas schneller geht, um unser Hab und Gut zu retten. Außerdem stürmte, regnete, blitzte und donnerte es so heftig, dass der Schirm eh nichts nützte. Maria ist äußerst ungern bei derartigem Wetter draußen. Ich auch nicht.
Wolfgang ist dann tatsächlich zügig zum Campingplatz gegangen und wir etwas langsamer alleine hinterher. Ich gebe es nicht gerne zu,aber auf diesem Rückweg von Lazise zum Campingplatz fühlte ich mich äußerst unbehaglich und glaube dennoch Maria durch meine Anwesenheit etwas beruhigt zu haben.

Auf dem Campingplatz war es ganz friedlich. Unser Vordach stand noch und die Stühle waren auch trocken. Glück gehabt. Wolfgang hat dann trotzdem vorsichtshalber schnell die Stühle weggepackt. Meine zwei haben ihre nasse Kleidung ins Auto gehängt, sind heiß Duschen gegangen und Wolfgang hat im Restaurant ein nettes Abendbrot für uns geholt. Zum Essen gab es Wein und unsere Stimmung war super. War ja schließlich auch Wolfgangs Geburtstag und der musste gefeiert werden. Ich feierte zusätzlich, dass ich einem Blitzschlag so gerade eben entkommen war.

Leifers 2

Jetzt mussten wir uns entscheiden, und ich drängte auf eine schnelle Entscheidung. Ich wollte wissen, wo unser Zelt in der kommenden Nacht stehen würde. Nach kurzer Beratung entschlossen wir uns, die Koordinaten des Campingplatzes von Leifers ins Navi einzugeben. Klasse, das waren nicht allzu viele Kilometer und da wir den Platz am frühen Nachmittag erreichen würden, rechnete ich mit einer reellen Chance einen Stellplatz zu bekommen. Kaum zu glauben, wir konnten sogar zwischen zwei Plätzen wählen. Wobei, aufgrund der Größe unseres Zeltes, nur einer davon infrage kam. Ein Platz in der hintersten Ecke des Platzes weit weg von den Sanitäranlagen. Den Teil des Platzes kannten wir bisher nur von unseren abendlichen Rundgängen und der Platz war keineswegs mein Traumplatz. Dennoch, ich war froh, dass wir einen Platz für unser Zelt bekommen hatten und weder weiterfahren oder doch wieder eine Hütte mieten mussten. Der Platz stand uns sogar für einige Tage zur Verfügung. Nicht schlecht. Gut, dass ich meine Beiden bei unserer Ankunft nicht auf das „Belegt“ Schild am Eingangstor des Campingplatzes aufmerksam gemacht hatte.

Nach dem zügigen Abbau- und Einpacken am Morgen war ich gespannt, wie lange es dauern würde, bis unser Zelt aufgebaut und eingerichtet sein würde. Bei über 30° im Schatten wollte ich meinen Beiden nicht im Weg herumstehen und hatte mir ein schattiges Beobachtungsplätzchen gesucht. Ich lag bequem in meinem Liegestuhl und war überrascht, wie schnell unser Luxusbungalow, wie Maria ihn nennt, stand und eingeräumt war. Inzwischen bin ich mir allerdings nicht sicher, ob ich nicht vielleicht zwischendurch einen kleinen Mittagsschlaf gehalten habe. Ich hatte leider nicht auf die Uhr geschaut.

Wie läuft so ein Zeltaufbau auf dem Campingplatz eigentlich ab.

Grundsätzlich, egal ob wir mit Wohnwagen oder Zelt unterwegs sind, bestehe ich auf eine genaue Inspektion unseres Stellplatzes. Schließlich gilt es zu entscheiden, wie man sich hinstellt.
Wo soll der Zelteingang sein? Wo geht die Sonne auf? Wo ist die Wetterseite? Wie stehen die Camper auf den Nachbarplätzen? Welchen Blick haben wir, wenn wir vor dem Zelt sitzen? Wo soll das Auto stehen? Wo ist der Stromkasten?

Eventuell müssen Steine oder Unkraut beseitigt werden und um bei einem Regenguss nicht mitten in einer Pfütze zu stehen, achten wir auch auf Kuhlen. Maria und ich achten zusätzlich, speziell, wenn wir direkt am Rand des Platzes stehen, auf Mauselöcher. Ich will nicht direkt vor dem Zelteingang so ein Loch haben, man weiß ja nie, ob das Loch bewohnt ist. Vorsichtshalber riskiere ich inzwischen auch stets einen Blick nach oben, möchte ja nicht, dass ein Ast auf mich fällt.

Ist entschieden, wo der Zelteingang sein soll, wird die Unterlegplane ausgelegt. Die scheint es für jedes Zelt passend zu geben. Beim Kauf des Zeltes hatte ich Wolfgang auf die für unser Zelt passende Plane hingewiesen. Schont schließlich den eingenähten Zeltboden. Ich glaube sonst hätten sie, wie bei ihren früheren Zeltreisen nur eine ganz einfache Plane verwendet. Ihr grünes Steilwandzelt hatte ja keinen eingenähten Boden, über den verfügte lediglich das Schlafzelt, das anders als bei unserem Zelt extra eingehängt werden musste. Natürlich muss die Unterlegplane noch ein wenig zurecht gezupft werden bis sie perfekt liegt um dann mit Erdnägeln am Wegwehen gehindert zu werden. Dann wird das Zelt aus dem Auto gewuchtet und auf die Plane gelegt. Ist, obwohl wir das immer gut zusammenlegen und mit Spanngurten sichern, gar nicht so einfach, denn unser Zelt ist schwer. Bei 31 kg muss ein kleiner Bär wie ich schon aufpassen, nicht drunter zu geraten. Sind die Spanngurte gelöst müssen wir kurz schauen, wo der Zelteingang ist. Das heißt, ich guck da gar nicht mehr hin, Maria entdeckt den Eingang auch ohne mich immer schnell. Dann wird das Zelt auseinander gefaltet und so auf die Unterlegplane gelegt, dass der Zeltboden exakt auf der Plane liegt. Bevor es dann an das Aufpumpen unseres Luftzeltes geht, befestigt Wolfgang die Zeltecken mit Erdnägeln am Boden. Ist praktisch, kann das Zelt schon mal nicht abhauen wenn es etwas windig ist. Als Nächstes, und jetzt wird es etwas schwieriger, kommt die spezielle Zeltluftpumpe zum Einsatz. Ich erinnere, wir haben eins dieser modernen Luftzelte mit drei Luftschläuchen. Als Erstes wird die Luftpumpe so am hinteren Luftschlauch so befestigt, dass sie nicht abflutscht (langsam aber sicher hat Wolfgang den Bogen raus) und dann pumpt er Luft in den Schlauch, den Maria und ich versuchen hochzuziehen. Er knickt gerne etwas ab, aber wir sind geschickt und überlisten ihn immer. Wenn wir auf diese Weise alle drei Luftschläuche gefüllt und zum Stehen gebracht haben, heißt es für Wolfgang alle am Zelt befestigte Leinen zu verspannen. Ich habe nie gezählt, wie viele Erdnägel er dafür in den Boden kloppen muss. Ist das geschafft und das Zelt steht fast von alleine, heißt es, vorne am Eingang eine große zusammengesteckte gebogene Zeltstange aus Stahl zu bezwingen. Diese Zeltstange muss komplett in eine vorne am Zelteingang vorhandene Tasche gesteckt werden und wird dann mit einem Reißverschluss gezwungen, da auch drinnen zu bleiben. War das bei unserem Probeaufbau im heimischen Garten sehr mühsam gewesen, hatten wir da inzwischen sozusagen den „Bogen“ raus. Die Stange und die beiden Luftschläuche, die im Zelt zwischen die Schlauchbögen geklemmt werden, sind wichtig für die Stabilität des Zeltes.

Ich freute mich auf die Tage in Leifers. Ich mag den Campingplatz und liebe unsere abendlichen Rundgänge. Genau wie in Fusina standen auch hier viele sehr unterschiedliche Zelte. Ich finde es spannend zu sehen, wie andere Reisen. Besonders aufgefallen ist mir dabei ein holländisches Paar. Sie waren mit einem älteren Hauszelt unterwegs und es sah bei ihnen sehr gemütlich aus.

Abends, als wir gemütlich mit einem Becher Wein vor unserem Zelt saßen, machten wir Pläne für unsere Tage in Leifers. Maria und ich hatten uns an der Rezeption mit Informationsmaterial über Bozen und Umgebung versorgt und eifrig studiert.

Wolfgang wollte um den Kalterer See wandern, Maria wollte nach Meran und ich wollte nach Bozen ins Ötzi-Museum.

Wir setzten uns alle drei durch. Wir nutzten die Zeit in Leifers und machten jeden Tag einen Ausflug. Super.

Wolfgangs Wunschziel, der Kalterer See, liegt rund 18 Kilometer von Leifers entfernt inmitten von Obstbäumen und Weinbergen. Er gehört neben dem Klopeiner See in Kärnten zu den wärmsten Badeseen im Alpenraum. Das Wasser wird bis zu 28° warm. Zum Vergleich: Der sehr beliebte Gardasee schafft es lediglich auf 20°. Unsere Badesachen hatten wir allerdings nicht mit zum See genommen, wir wollten lediglich um den See wandern. Also ich eher nicht, ich fand es zu heiß zum Wandern und hatte es mir in Marias Rucksack gemütlich gemacht. Ich genoss den Ausblick auf die Weinberge, den See und die Obstplantagen. So entgingen mir auch nicht zwei kleine Mädchen, die mitten zwischen Apfelbäumen auf Obstkisten saßen und frisch geerntete Äpfel zum Kauf anboten. Da musste ich hin, ich wollte ein paar Äpfel kaufen. Die Mädels waren niedlich, erkannten sofort, dass wir keine Einheimischen waren, sondern Urlauber. Äpfel sollten wir selbst aussuchen, denn sie wüssten schließlich nicht, ob wir große oder kleine Äpfel haben wollten. Mir haben sie zum Abschied einen besonders schönen Apfel geschenkt. Der Rundwanderweg ist knapp 7,5 Kilometer lang und führte uns auch durch ein Biotop. Da hatte Wolfgang wirklich ein schönes Ausflugsziel für uns ausgesucht. Meinen Apfel habe ich mir später auf dem Campingplatz schmecken lassen, nachdem ich einen Rundgang um unser Zelt gemacht und dabei die vielen Mauselöcher kontrolliert hatte.

Meran, Marias Wunschziel, liegt zwar rund 40 Kilometer von Leifers entfernt, ist aber gut über eine Schnellstraße zu erreichen. Ich war ganz froh, dass ich an der Campingplatzrezeption einen Stadtplan von Meran gefunden hatte. Praktischerweise waren darauf auch Parkplätze und Parkhäuser eingezeichnet. Ich habe den Stadtplan später um ein Kreuzchen ergänzt. Musste mir ja merken, wo wir unser Auto abgestellt hatten.

Meran gefiel mir auf Anhieb. Die Stadt, ein historischer Kurort, liegt in einem Talkessel mit einer beeindruckenden Kulisse ringsum.
Maria kannte Meran bereits etwas. Sie war vor sehr vielen Jahren mit einer ihrer zahlreichen Tanten für einige Stunden in der Stadt unterwegs. Merans, dank des milden Klimas, südliche Vegetation mit Palmen und Zypressen und dem üppigen Blumenschmuck, hatten ihr sehr gefallen. In Meran scheint die Sonne an durchschnittlich 300 Tagen im Jahr. Ich bin mir nicht sicher, ob ihr damals schon bekannt war, dass Meran zu den Urlaubsorten von Österreichs Kaiserin Sissi gehörte. Sissi hat bei ihren Aufenthalten im Schloss Trauttmannsdorff gewohnt und ist von dort runter nach Meran spaziert. Dieser Weg ist heute als Sissiweg bekannt und natürlich sind wir diesen Weg entlang spaziert. Der Weg beginnt oder endet im Sissi-Park. Im Park befindet sich eine Marmorstatue der Kaiserin die 1903 aufgestellt wurde. Wir haben viel fotografiert. Mal sitze ich auf dem Schoß der Kaiserin und mal zu ihren Füßen. Ich war sehr geduldig. Zur Belohnung hat Maria mir in der Meraner Laubengasse eine große Portion Eis spendiert.
Bozen, mein Wunschziel, liegt ungefähr 10 Kilometer von Leifers entfernt. Dorthin sind wir nicht mit

unserem Auto gefahren, sondern haben den Linienbus genommen. Ganz praktisch, die Bushaltestelle liegt gleich gegenüber des Campingplatzes. Ich wollte gleich als Erstes in Bozen das Ötzi Museum besuchen. Wir hatten zwar auch von Bozen einen Stadtplan dabei, aber das Ötzi Museum ist perfekt ausgeschildert.
Was für ein informativer Museumsbesuch. Ich durfte einen Blick auf den Mann werfen der vor über 5300 Jahren im Südtiroler Schnalstal ermordet wurde und 1991 durch einen Zufall von Bergsteigern gefunden wurde. Ich habe seine Kleidung und seine Ausrüstungsgegenstände gesehen und sehr viel gelernt. Ich glaube, meinen Beiden hat mein Ausflugsziel auch sehr gut gefallen. Natürlich gibt es kein Foto von mir mit Ötzi. Fotos sind nicht erlaubt und Maria würde Ötzi schon aus Respekt nicht Fotografieren.

Obwohl wir uns tatsächlich recht lange im Ötzi Museum aufgehalten hatten, blieb noch genug Zeit für einen ausgiebigen Bummel durch Bozen, inklusive Eis essen und Espresso trinken.

Ich bin sicher, alle drei Ausflüge werden wir wiederholen.

In unserer Ecke auf dem Campingplatz fand ich es recht langweilig. Es gab nicht viel zu sehen. Die Camper waren tagsüber viel unterwegs oder lagen am Swimmingpool. Abends verschwanden sie im Restaurant oder in ihren Campingbehausungen. Mäuse habe ich auch keine gesehen, trotz der wirklich zahlreichen Löcher neben und hinter unserem Zelt.

Nach vier Nächten wurde es für uns Zeit, weiterzuziehen. Wir wollten nach Oberstdorf und wenn möglich eine Nacht am Reschensee zelten.

Ein idyllisches Plätzchen.

Fernsteinsee

Oberstdorf im Allgäu sollte unser nächstes Ziel sein. Wir sind gerne dort. Maria war als Fünfzehnjährige das erste Mal in Oberstdorf. Ich weiß auch ganz genau, wo sie und ihre Familie damals gewohnt haben. Wann immer wir im Birgsautal an der Ferienanlage vorbeikommen, erzählt sie von dieser Reise. Da sie das Birgsautal liebt, kommen wir fast bei jedem Aufenthalt in Oberstdorf daran vorbei.

Rund 300 Kilometer lagen vor uns und dabei spielt es keine Rolle, ob wir den Weg über den Brennerpass oder über den Reschenpass wählen. Trotzdem, ich war skeptisch und glaubte nicht, dass wir unser Zelt nachmittags in Oberstdorf aufbauen würden. Dafür waren meine zwei morgens einfach zu langsam gewesen. Mich früh am Morgen aus meinem Schlafsack holen mit der Begründung wir wollen früh los und dann selber ewig lange Duschen gehen und sich kaum vom Frühstückstisch trennen können. Wir hatten natürlich auch hier am Vorabend alles was wir nicht mehr unbedingt benötigten weggepackt, aber es dauert halt eine Weile das Zelt auszuräumen, abzubauen und alles zu verstauen. So

haben wir den Campingplatz in Leifers tatsächlich erst gegen 10 Uhr verlassen.
Ich hatte mir gewünscht, Italien diesmal nicht über den Brennerpass zu verlassen, sondern über den Reschenpass. Ich hatte einiges über den Reschenpass und vor allem über den Reschensee gelesen. Angesichts der Uhrzeit bestand durchaus die Gefahr, dass meine Beiden doch die Fahrt über die Brennerautobahn bevorzugen würden. Allerdings waren wir ja ohne Wohnwagen unterwegs und alle drei neugierig auf die Fahrt über den Reschenpass. Der Pass wird viel von Campern genutzt und im Gegensatz zur Brennerautobahn fällt keine Maut an.

Für meinen Wunsch, diesmal über den Reschenpass nach Österreich zu fahren, war allerdings nicht die fehlende Maut ausschlaggebend. Ich hatte andere Gründe. Wir würden einen weiteren Abschnitt der alten antiken Römerstraße Via Claudia Augusta kennenlernen, die ich ja bereits erwähnt habe, und ich würde etwas Besonderes zu sehen bekommen: Einen Kirchturm aus dem 14. Jahrhundert, der einsam und alleine im Reschensee steht.
Maria, die natürlich auch den Reschensee, einen 1950 entstandenen Stausee sehen wollte, gefiel zu-

sätzlich die Vorstellung, durch eine uns bisher unbekannte Berglandschaft, den Vinschgau, zu fahren.
Als wir den Campingplatz in Leifers verließen, verhielt ich mich vorsichtshalber ganz ruhig. Wir hatten schließlich die Fahrt über den Reschen geplant, also besser nicht nachfragen und damit unsere Planung infrage stellen. Maria hatte ich ohnehin auf meiner Seite.
Den ersten Teil der Strecke kannten wir bereits von unserem Ausflug nach Meran. Die Strecke ist gut ausgebaut, doch leider waren nicht nur wir unterwegs und der Verkehr staute sich immer wieder.
Ich genoss den Blick auf die Bergwelt. Ich denke Maria auch, obwohl sie wie üblich den Verkehr kommentierte. Dabei nehmen Wolfgang und ich Ampeln durchaus wahr, können Verkehrsschilder lesen, übersehen weder andere Verkehrsteilnehmer noch fahren wir mit überhöhter Geschwindigkeit durch Kurven oder Kehren. Wir haben es wie immer gemacht, wir ignorierten ihre Hinweise.

Zu meinem Bedauern übernachteten wir nicht auf einem der Campingplätze am Reschensee. Wolfgang fuhr an den Abfahrten vorbei. Dabei hatte ich uns die Plätze extra aus dem Campingführer herausgesucht und inzwischen war auch klar, dass wir nicht bis Oberstdorf fahren würden. Da wäre eine Nacht am Reschensee doch perfekt gewesen. Wir hätten unser Zelt in Ruhe aufbauen können und genügend Zeit für den See und seinen Kirchturm gehabt. Selbst den Parkplatz am See direkt gegenüber des Kirchturms ignorierte Wolfgang. Der Parkplatz sah allerdings auch hoffnungslos überfüllt aus.

So hatten wir beim Vorbeifahren nur einen kurzen Blick auf See und Kirchturm werfen können. Maria und ich waren enttäuscht. Wolfgangs Angebot bei der nächsten Gelegenheit zu wenden, um doch auf den Campingplätzen nach einem Platz für uns zu Fragen, hat Maria abgelehnt. Mein „Aber bitte sofort“ drang nicht zu meinen Menschen durch.

Mein Wunsch, mir den Reschensee genauer anzusehen, wurde mir 2022 erfüllt. Da haben wir auf einem Campingplatz am Reschensee zwei Nächte verbracht und eine Wanderung zum Turm der alten Pfarrkirche St.Katharina des im See versunkenen Dorfes Alt Graun unternommen. Der Kirchturm steht unter Denkmalschutz und durfte im Gegensatz zum danebenstehenden Kirchenschiff nicht abgerissen werden.

Ich bin mindestens genauso flexibel wie meine Menschen und verfolgte sofort meinen Plan B. Und das hieß, jetzt war der Fernsteinsee mein Ziel. Dauerte etwas, bis der Fernsteinsee auch das Ziel meiner Beiden wurde. An der Strecke vom Reschensee bis zum Fernpass, an dem der Fernsteinsee liegt, gibt es schließlich noch mehr Campingplätze. Der erste Platz zu dem Wolfgang fuhr, lag sehr hübsch und machte auf den ersten Blick einen guten Eindruck. Auf den zweiten Blick nicht. Obwohl kaum Camper da waren, hätte unser Auto nicht neben unserem Zelt stehen dürfen. Ich lehnte mich entspannt zurück, der Fernsteinsee rückte näher. Meine Beiden hatten schon früher Campingplätze, auf denen sie ihr Auto nicht neben ihrem Zelt abstellen durften, gleich wieder verlassen. Und genau das passierte auch diesmal, wir fuhren weiter. Wolfgangs nächstes Ziel war ein Campingplatz, der mitten in einem Ort liegt, nicht sehr einladend aussah und alles andere als preiswert war.

Jetzt war es an der Zeit ganz beiläufig den Campingplatz am Fernsteinsee ins Spiel zu bringen. Meine Zwei, die den Platz kannten und ihn schon längst mal wieder anfahren wollten, stimmten meinem Vorschlag tatsächlich sofort zu.

Ich freute mich und hoffte; wir würden unterkommen. Das war kein Problem, der Platz ist groß und es waren nur wenige Plätze belegt. Wir hatten freie Platzwahl. Der Platzchef riet lediglich von einem Platz am Waldrand ab, die wären zu feucht. Wir suchten uns einen, wie wir fanden, sehr schönen

Platz aus, ohne Kuhlen, ohne Mauselöcher und ohne Ameisenstraße. Wir wollten schließlich zwei Nächte bleiben.

Den Nachteil unserer Platzwahl bemerkten wir erst am späten Nachmittag, nachdem unser Zelt aufgebaut und eingeräumt war. Der Weg zum Sanitärgebäude führte an einem nur manchmal angeleinten unangenehmen Hund vorbei. Nichts für Maria; und trotzdem hat sie sich tapfer alleine auf den Weg zum Waschhaus gemacht. Ich hatte ihr keinen Begleitschutz angeboten; aber zusammen mit Wolfgang beobachtet, ob sie es schafft; sicher an dem Hund vorbeizukommen oder wir unterstützend eingreifen müssen. Wolfgang, der später von dem Hund angebellt und angesprungen wurde, hat gegenüber den Hundehaltern deutliche Worte gefunden. Zu Recht, der Hund gehörte angeleint, und zwar so, dass er nicht auf den Weg laufen kann.

Wir gönnten uns einen ansonsten ruhigen Nachmittag auf dem Campingplatz, machten einen Spaziergang über den Campingplatz und Maria nutzte Waschmaschine und Wäschetrockner.

Klar kamen gegen Abend noch einige Camper, ist schließlich ein gut gelegener Übernachtungsplatz.

Von den Neuankömmlingen stellte sich ein Wohnmobil genau neben uns. Kaum zu glauben, haben

die Angst alleine zu stehen? Es gab wirklich sehr viele gute freie Plätze. Ich habe nicht nachgefragt.
Waren die Abende und Nächte in Leifers noch mild gewesen, kühlte es am Fernsteinsee schon recht früh ab. Immerhin liegt der Fernsteinsee 934 Meter hoch und es war bereits Mitte September. Gut, dass wir einen gemütlichen Wohnbereich im Zelt hatten. Unser kleiner Heizlüfter sorgte für Wärme, unsere Campingstühle waren bequem und ich nutzte die Zeit zum Tagebuchschreiben und hab meinen Beiden später beim Fernsehgucken Gesellschaft geleistet.
Die Nacht hier im Wald war sehr ruhig, nur leider mal wieder viel zu kurz. Ich verstehe nicht, warum Maria, wenn wir doch gar keinen Fahrtag vor uns haben, auch immer früh aufsteht. Kann die Frau nicht mal ein bisschen länger schlafen? Die Dusche läuft schon nicht weg.
Nach dem Frühstück mit frischen Brötchen im warmen Zelt wurde es Ernst. Wir machten uns auf den Weg zum Fernsteinsee. Ich durfte endlich am Ufer des Fernsteinsees stehen. Ganz klares Wasser, die Wolken am Himmel, die Bäume und Berge spiegelten sich wunderschön im See. Das erinnerte mich sehr an den Christlesee in Oberstdorf, ein beliebtes Wanderziel von uns Dreien. Beim Betrachten des

Sees hatte ich nicht richtig auf die Umgebung geachtet und erschrak fürchterlich als ein Hund sich laut bellend auf mich stürzen wollte. In letzter Sekunde rettete mich das beherzte Eingreifen meiner Menschin. Ihre Sorge um mich war größer als ihre Angst vor Hunden gewesen. Wolfgang sorgte dann dafür, dass der Hund aus unserer Nähe verschwand. Jetzt war mir klar, wie Maria sich gefühlt haben musste, als sie vor sehr vielen Jahren auf dem Campingplatz in Edirne beim Gang zum Waschhaus plötzlich von mehreren Hunden umzingelt wurde. Wolfgang hat sie damals gerettet.
Nachdem ich mich auf der für Campinggäste reservierten Liegewiese am See etwas von dem Schrecken erholt hatte, machten wir uns auf den Rundweg um den See. Vorsichtshalber hatte ich Maria heute geraten, vernünftige Schuhe anzuziehen und nicht ihre netten weißen Halbschuhe, die fast gar kein Profil haben.
Das war eine gute Idee gewesen, denn die hätten sicherlich für den Rundgang um den See ausgereicht, aber nicht für die im See liegende kleine Insel. Auf die Insel gelangt man über eine kleine Brücke. Die Wege auf der Insel sind sehr schmal, voller Wurzelwerk und fast schon zugewachsen. Zusätzlich wurde vor Steinschlag gewarnt.

Wir wollten trotzdem die Insel umrunden und uns die Ruinen der Sigmundsburg ansehen. Die Ruinen liegen auf einem Hügel in der Inselmitte.
Für Maria sah schon der Abzweig zur Burgruine nicht sehr einladend aus. Der Pfad wurde immer schmaler und krüppeliger und so kam was kommen musste. Sie streikte, schließlich muss sie den schmalen und krüppeligen Pfad auch wieder runter laufen. Wolfgang ging alleine weiter. Ich wäre gerne mitgegangen, aber eine musste ja sicherheitshalber bei Maria bleiben. Es dauerte lange, bis Wolfgang zu uns zurückkam und bestätigte, dass der Weg immer steiler und schlechter geworden war. Die Ruinenreste haben ihm gefallen, nur fotografiert hat er sie leider nicht.
Wir haben uns noch eine ganze Weile am See aufgehalten und später entspannt vor dem Zelt gesessen und auf interessante Neuankömmlinge gewartet. Wir hatten den Campingplatzeingang gut im Blick, nur es kamen zu unserer großen Überraschung keine neuen Gäste.
Was meine Beiden noch nicht wissen, ich möchte noch einmal an den Fernsteinsee. Ich möchte mit ihnen auf der alten Via Claudia Augusta wandern.

Unmittelbar vor dem Hundeangriff am Fernsteinsee.

Oberstdorf

Nach zwei Nächten am Fernsteinsee zog es uns weiter. Jetzt wollten wir unser Zelt wirklich in Oberstdorf aufstellen. Nur 111 Kilometer lagen vor uns und wir hätten das Angebot des Campingplatzchefs vom Fernsteinsee durchaus annehmen können. Er hatte vorgeschlagen, erst zu fahren, wenn unser von der Nachtfeuchtigkeit sehr nasses Zelt abgetrocknet sei. Sehr nettes Angebot, doch wir wollten weiter. Hatte ich schon die defekte Luftmatratze erwähnt? Wolfgang benötigte dringend eine neue Luftmatratze. Meine Nachtruhe wurde seit drei Nächten empfindlich durch das ständige Aufpumpen seiner Matratze gestört. Diesen Einkauf wollten wir in Füssen erledigen. Ein kleines Einkaufszentrum am Stadtrand von Füssen war unser Ziel. Wir hofften, da fündig zu werden. Wolfgang ging alleine ins Einkaufszentrum. Ob ich, wenn ich mitgegangen wäre, den Kauf der riesengroßen Luftmatratze hätte verhindern können? Möglicherweise hätte ich ihn vorsichtig an die Ausmaße unseres Schlafzeltes erinnert und dass eine 1 Meter breite und 46 cm hohe Matratze nicht unbedingt Idealmasse besitzt. Er wollte Maria mit der großen Matratze eine Freude bereiten, nur auf ihrer Seite also unserer Seite steht der Heizlüfter, der dann seine ganze heiße Luft an die Luftmatratze pusten würde. Ganz nebenbei, Maria wollte auch nicht „Prinzessin auf der Erbse“ genannt werden. Also schlief Wolfgang auf der großen Matratze und guckte etwas unglücklich auf uns herab. Ich schlief jetzt mit auf Marias Matratze, weil für MEINE MATRATZE kein Platz mehr vorhanden war. Das ist kein ganz ungefährlicher Schlafplatz, aber es bedeutete für mich natürlich auch, ich profitierte von der Wärme die Maria nachts produziert.

Gegen Mittag erreichten wir, bei schönstem Sonnenschein, Oberstdorf. Ich freute mich. Die Rezeption war geschlossen, der Platzwart war in der Mittagspause. Damit hatten wir gerechnet, aber es gibt keine Schranke und angemeldete Campinggäste und Campinggäste mit Zelt können auch außerhalb der Öffnungszeiten der Rezeption anreisen. Zeltgästen steht eine große Wiese zur Verfügung, für die ohnehin keine Reservierung möglich ist. Für Zeltler herrscht freie Platzwahl. Klasse. Bei unserer Ankunft standen nur sehr wenige Zelte auf der Wiese. Wir wählten für uns einen Platz aus, bei dem unser Auto fast direkt neben unserem Zelt stand. Fast deshalb, weil hier die Autos auf einem Parkstreifen neben der

Wiese geparkt werden müssen. Da für uns der Zeltnahe Parkplatz wichtig war, fuhren wir nur kurz zum Supermarkt und füllten unsere Vorräte auf. Ansonsten ließen wir unser Auto neben unserem Zelt stehen, halt nur nicht auf der Wiese, sondern auf dem Parkstreifen.

Wir bekamen langsam aber sicher eine gewisse Routine beim Ab- und Aufbau unseres Zeltes. Das gefiel mir gut, denn ich war sicher, 2022 in Griechenland würden wir wie immer, alle 2 – 3 Tage den Campingplatz wechseln.

Spätestens zur Griechenlandreise benötigt Wolfgang eine neue „normale" Luftmatratze, die übrigens wie ich feststellen konnte, sehr bequem ist. Vorausgesetzt, sie ist vernünftig aufgepumpt. Die in Füssen gekaufte große Luftmatratze würden wir zu Hause als zusätzliches Gästebett nutzen können.

Warum Wolfgangs Matratze Luft verloren hat, ist uns nicht klar. Wolfgang hat das Ventil unter meiner Anleitung zweimal gereinigt. Genützt hat das nichts.

Das Leben auf einer reinen Zeltwiese ist spannend. Natürlich kannte ich die Zeltwiese hier in Oberstdorf bereits. Der Oberstdorfer Platz war der zweite Campingplatz, den ich 2007, auf meiner ersten Reise als Reisebegleit- und Tagebuchschreibbär, kennenlernte. Bis auf wenige Ausnahmen war ich seitdem mindestens einmal im Jahr in Oberstdorf. An der Zeltwiese vorbeizugehen oder mal zu gucken was da so für Zelte stehen ist allerdings etwas anderes, als sozusagen auf dieser Wiese mit anderen Zeltlern zu leben. Unser Platz gefiel mir. Wir hatten unser Zelt so aufgestellt, dass wir, egal ob wir im oder vor dem Zelt saßen den Anblick der Berge genießen konnten.

Es war ein warmer, sonniger Tag, die Wettervorhersage für die nächsten Tage klang vielversprechend und da es Freitag war, füllte sich die Zeltwiese im Laufe des Nachmittags. Ich saß entspannt in meinem Liegestuhl, genoss den Blick auf die Berge und schaute den Ankömmlingen beim Aufbau ihrer Zelte zu. Angereist wurde nicht nur mit Auto, sondern auch mit Fahrrädern und zu Fuß. Natürlich kenne ich Radfahrer und Rucksacktouristen von meinen diversen Reisen, war aber noch nie so dicht an ihnen dran, wie auf dieser Zeltwiese. Das nah dran ist durchaus auch wörtlich zu nehmen. Ich fragte mich, ob für Zeltwiesen besondere Regeln gelten, also ob Zeltler auf „Kuschelkurs“ gehen müssen? Es war genug Platz vorhanden, also warum müssen sich die Zeltleinen, und das ist nur ein klein wenig übertrie-

ben, wirklich fast überlappen? Warum wird so selten gegrüßt? Man schläft dicht beieinander und nimmt, ob man will oder nicht, in gewisser Weise am Leben der anderen Zeltler teil.
Ich hab meine Beiden gefragt, ob sie das bei ihren früheren Zeltreisen auch so empfunden hätten. Die Antwort lautete wenig überraschend nein, hätten sie mir doch sonst auch erzählt. Ja, auch wenn wir mit Wohnwagen unterwegs sind, bekommen wir einiges vom Leben anderer Camper mit, doch gibt es hier eine größere Privatsphäre.
Ich überlegte mir, ein paar dieser kleinen Wurfzelte zu besorgen und diese geschickt um unser Zelt zu drapieren. Meine Beiden waren dagegen. Sie erinnerten mich daran, dass ich mich über ein derartiges rücksichtsloses Verhalten schon geärgert hatte. Sie hatten recht. Nicht nur einmal hatte ich bemängelt, dass Camper richtig gute Plätze unnötig mit Tisch, Stühlen, Liegen oder Wäsche blockieren. Selten wurden diese Plätze später von Freunden oder Verwandten, mit denen sie verabredet waren, belegt. Und die Geräuschkulisse? Wer so richtig lärmempfindlich ist, sollte Campingplätze meiden. Ich glaube, die wenigsten Camper und Zeltler machen absichtlich Lärm. Selbst wenn sie Feiern, draußen

Radio hören oder sich ihre „Geschichten“ (Erlebnisse) erzählen.

Angesichts der Tatsache, dass nicht nur viel mehr Wohnmobile und Wohnwagen als vor Corona unterwegs waren, sondern auch das Reisen mit Zelt zugenommen hatte, ging ich von sehr vielen Campern aus, für die das Leben auf einem Campingplatz völlig neu war. Das entschuldigt jedoch nicht fehlende Höflichkeit und Freundlichkeit so mancher Camper. Ich ließ mich nicht entmutigen und grüßte alle weiter freundlich. Vielleicht hatten sie ja auch nur Sehnsucht nach ihrem 5 Sterne Hotel.

Oberstdorf liegt in den Allgäuer Alpen auf einer Höhe von 813 Metern und ist die südlichste Gemeinde Deutschlands. Urlaub in den Bergen heißt für mich Urlaub in Oberstdorf. Und Urlaub in Oberstdorf heißt Wandern und lange Spaziergänge. Auch bei unserer Zeltreise waren wir viel unterwegs. Eine besonders lange Wanderung, rund 5 ½ Stunden, führte uns ins Oytal.

Ins Oytal wandern wir eher selten. Zuletzt vor einigen Jahren während einer Herbstreise. Damals waren wir neugierig, der Wetterbericht hatte Schneefall bis runter auf 1000 Meter vorhergesagt. Das Oytalhaus, unser Wanderziel, liegt 1010 Meter hoch. Der Wetterbericht hatte recht, es lag Schnee. Schneefall war 2021 nicht vorhergesagt, sondern angenehmes Spätsommerwetter. Wir wanderten vom Campingplatz aus los, und zwar entlang der Trettach, am Ortsrand an der Talstation der Nebelhornbahn vorbei, und bogen bei der Oybele Festhalle ab auf den Wanderweg, der hoch zum Kühberg führt. Ich war froh, dass ich da nicht selbst hoch gehen musste, ist teilweise ganz schön steil. Auf einem kurzen Stück geht es rund 100 Meter in die Höhe. Bei meinen Beiden machten sich die vielen Wanderungen und Spaziergänge auf dieser Reise und auch zu Hause bemerkbar. Beide schafften den Aufstieg problemlos und zügig. Ich hab inzwischen gelesen, dass der Kühberg der Logenplatz von Oberstdorf ist. Stimmt, ich mag den Blick auf die Berge, die Wiesen und auf Oberstdorf. Bis zum Oytalhaus, unserem Ziel im Oytal, sind noch einmal rund 100 Höhenmeter zu überwinden, von denen man allerdings nichts mehr bemerkt, da es nur sehr langsam bergauf geht. Für mich ist dieser Wanderweg vom Kühberg bis zum Oytal einer der schönsten Oberstdorfer Wanderwege. Der immer wieder neue Ausblick auf die Berge und dazu der blaue Himmel, das gefällt mir sehr.

Angesichts der vielen Wiesen, an denen wir vorbeiwanderten, war ich froh, dass die Zeit der bunten Wiesenblumen schon vorüber war. Maria hätte sonst bestimmt wieder unzählige Fotos von mir mit den Blümchen gemacht. Die kleinen hübschen Blümchen am Wegesrand hat sie zwar sehr bewundert aber nicht fotografiert.

Ich wunderte mich, nur einige Fotos von mir mit den Bergen im Hintergrund. Sollte das auf dieser Wanderung alles sein? Spätestens als ich die vielen, sehr vielen Schmetterlinge um mich herum bemerkte, wusste ich, Maria würde alles dran setzen mich zusammen mit den Schmetterlingen zu fotografieren. Nun sind Schmetterlinge schnell und nicht unbedingt bereit, sich mit einem Teddybären fotografieren zu lassen.

Das war allerdings mit einem kleinen wunderschönen blauen Schmetterling ganz anders. Er saß erst auf Marias Arm, flog dann auf Wolfgangs Arm und blieb auch sitzen, als ich mich vorsichtig an ihn ran schlich. Ich glaube, er mochte mich und hat extra für das Foto mit mir seine Flügel ausgebreitet. Ein schönes Erlebnis.

Weniger Spaß haben mir die Fotos mit den Silberdisteln gemacht. Silberdisteln piksen und sie waren im Oytal in Hülle und Fülle vertreten. Ich musste trotz

Protest mehrfach neben ihnen für Fotos sitzen bis ich meine Beiden mal an unser Picknick erinnerte. Wir hatten doch morgens Brötchen geschmiert, Obst geschnitten und zusätzlich Schokolade und Getränke eingepackt. Ich fand, es wurde Zeit unser Picknick mit Blick auf die Berge zu genießen, bevor wir zurück zum Campingplatz wanderten.
Wie viele Kilometer wir bei unserer Wanderung vom Campingplatz zum Oytalhaus und zurück zum Campingplatz zurücklegten, weiß ich nicht. Es war eine schöne Wanderung, die uns Dreien viel Freude bereitet hat. Die Blase unter Marias großem Zeh heilte auch ganz schnell ab. Ich hatte keine Blasen an den Tatzen, hab halt aufgepasst.

Langsam aber sicher ging nicht nur unsere Zeit in Oberstdorf zu Ende. Mein erster Zelturlaub sollte auf dem Campingplatz enden, auf dem er begann. In Rothenburg ob der Tauber. Maria und ich hatten Wolfgang überredet, diesmal doch unseren Lieblingsstellplatz zu reservieren. Ich war gespannt, wie es sein würde, auf dem vertrauten Platz mit einem Zelt und nicht mit unserem Wohnwagen zu stehen. Wolfgang hatte zwar immer noch Bedenken wegen der auf dem Platz verlegten Rasengitter, aber ich konnte mir nicht vorstellen, dass die Rasengitter dem Zelt schaden würden.

Unseren letzten Tag in Oberstdorf nutzten wir für einen ausgiebigen Bummel durch den Ort inklusive Mittagessen und einem Spaziergang durch die Wiesen. Die Wiesen liegen am Ortsrand von Oberstdorf und werden als Weide für Kühe genutzt, die dort frei herumlaufen. Seit ich weiß, dass Kühe tatsächlich schon Menschen angegriffen haben, bin ich vorsichtig. Denke aber, solange ich nichts mache, was sie ärgern könnte kümmern sie sich bestimmt auch nicht um mich. Unser Ziel in den Wiesen war ein kleiner, extra eingezäunter Bereich mit einer Hollywoodschaukel, Bänken und einem Kneipp Becken. Die Hollywoodschaukel ist in Richtung Berge ausgerichtet und war zur meiner großen Freude frei. Ich sitze gerne dort und hatte 2010 das Glück, den Blick auf die Berge gemeinsam mit Marias Mama zu genießen. Ist lange her.
Auf dem Rückweg zum Campingplatz spendierte ich meinen Beiden und mir Kuchen. Wir wollten in Ruhe vor unserem Zelt Kaffee trinken und dann langsam anfangen zu packen. Für unseren Abreisetag war Regen angesagt und tatsächlich zogen schon die ersten Wolken auf.

Wir hatten kaum unseren Kaffee ausgetrunken als die ersten Regentropfen fielen. Dauerregen war allerdings erst für unseren Abreisetag angekündigt. Ich war gespannt. Dauerregen! Da werden wir, also ich eher nicht, schon immer ziemlich nass, wenn wir mit unserem Wohnwagen unterwegs sind und uns lediglich um die Kabeltrommel, den Abwassertank und die Kurbelstützen kümmern müssen. Aber bei Dauerregen das Zelt ausräumen, abbauen und alles im Auto verstauen? Wie nass würden wir da werden? Meine Zwei blieben recht gelassen und nutzten gleich die erste Regenpause um Küchenschrank, Tisch und Stühle in unserer Dachbox zu verstauen und alles, auf das wir schon irgendwie verzichten konnten, ins Auto zu räumen. Die Campingtoilette und der Heizlüfter durften und mussten im Zelt bleiben. Unsere Küchenkisten verschwanden allerdings auch schon im Auto. Die brauchten wir nicht mehr, wir würden vor unserer Weiterfahrt nach Rothenburg Frühstücken gehen. Nach all der Arbeit verbrachten wir einen sehr gemütlichen Fernsehabend in unserem Schlafzelt. Später in der Nacht, als der Regen auf unser Zeltdach prasselte, kuschelte ich mich gemütlich in meinen Schlafsack.

Morgens bin ich ruckzuck vom Schlafzelt rüber ins Auto gewechselt. War schon interessant zu sehen, wie meinen Beiden mit dem Zeltabbau bei strömendem Regen fertig wurden. Ich war mal wieder beeindruckt, wie zügig und perfekt die Zwei das schafften. Schade, dass ich mir nicht Marias Handy geschnappt hatte. Das wären prima Fotos geworden. Das Zelt war wirklich pitschnass und nach dem Einpacken waren auch meine Zwei pitschnass. Maria hatte für sich trockene Kleidung bereitgelegt. Wolfgang war für sich der Meinung gewesen, die bräuchte er nicht und dann doch sehr froh, als Maria auch für ihn trockene Kleidung herbeizauberte.

Kaum zu glauben aber wahr, bereits um 8:15 Uhr saßen wir an einem schön gedeckten Frühstückstisch in einem gemütlichen Café. Das gefiel mir. Bis Rothenburg ob der Tauber lagen nur rund 250 Kilometer vor uns und wir hatten einen Stellplatz reserviert, da hatten wir Zeit für einen Zwischenstopp. Ich wollte meinen Geburtsort besuchen: Giengen an der Brenz.

Wanderung ins Oytal.

Rothenburg und Heimfahrt

Der Besuch in Giengen hatte mir Spaß gemacht. Ich bin gerne in meinem Geburtsort und schaffe es immer wieder, Maria zum Besuch des Steiffmuseums zu überreden. Das ist allerdings tatsächlich genauso leicht, wie zum anschließenden Bummel durch den Shop. Natürlich passierte was passieren musste, ich kam mit einem Bären ins Gespräch. Thommy ist ein freundlicher Bär, hat ungefähr meine Größe und wir verstanden uns auf Anhieb. Wolfgang, der Thommy und mich beobachtet hatte ging, nach einem kurzen Gespräch mit Thommy, zur Kasse und löste ihn aus. Ich freute mich. Nun hatte ich einen Artgenossen an meiner Seite, mit dem ich nach Herzenslust quatschen konnte. Später auf dem Campingplatz machte ich dann etwas was ich nie zuvor getan hatte, ich lieh Thommy Kleidung. Der arme Kerl war ganz nackig und ich hatte schließlich genug Wechselkleidung dabei. Ich war sicher, zu Hause wird Thommy eigene Kleidung bekommen.

Inzwischen war es Mittagszeit, das Frühstück lange her und Rothenburg ob der Tauber noch gut 100 Kilometer entfernt. Was tun? Wir, jetzt ja zu viert, beschlossen uns vor der Fahrt im Bistro des Steiffmuseums zu stärken. Perfekt, nicht nur, dass uns das Essen gut schmeckte, nein da saß ein großer brauner Bär namens Georg mit uns am Tisch. Georg hatte so viel zu erzählen über all die Gäste, denen er beim Essen Gesellschaft leisten durfte. Ich hätte ihm Stundenlang zuhören können. Dass ich ein Schriftstellbär bin, fand er sehr spannend. Ich hab Georg versprochen ihn zu besuchen, wenn ich wieder nach Giengen komme.

Die Fahrt von Giengen nach Rothenburg hatte es in sich. Ich war froh, dass wir uns in Giengen noch gestärkt hatten, denn erst standen wir in einem Stau auf der Autobahn und kaum ging es weiter, hörten wir im Radio von einer Sperrung der Autobahn in unsere Fahrtrichtung. Na super! Und wieso zeigte unser Navi weder den Stau, noch die Sperrung an? Seit Maria in Griechenland unserem Navi einmal eine Alternativstrecke erlaubt hat, der wir auch noch folgten, und damit eine unangenehme Bergfahrt mit Wohnwagen hinten am Auto hatten, traue ich dem Ding nicht mehr so ganz. Ich achte darauf, dass wir stets eine aktuelle Straßenkarte zur Hand haben, zu der Maria auch sofort griff. Ganz ehrlich, die brauchte ich in diesem Fall nicht. Für mich war klar, wir nehmen die Autobahnabfahrt Dinkelsbühl und

fahren schön gemütlich entlang der Romantischen Straße nach Rothenburg ob der Tauber. Maria, die die Karte studierte, gab mir recht. Also schalteten wir das Navi aus und folgten der Beschilderung der Romantischen Straße. Eine Strecke, die wir nicht zum ersten Mal entlangfuhren, schließlich hatten wir schon mehr als einen Ausflug von Rothenburg nach Dinkelsbühl unternommen. Es war eine schöne ruhige Fahrt und gegen 16:30 Uhr erreichten wir dann auch endlich den Campingplatz, der sogar direkt an der Romantischen Straße liegt.
Auch wenn ich es spannend gefunden hätte, meinen Beiden zuzusehen, wie sie ein pitschnasses Zelt im Regen aufbauen, war ich sehr froh, dass es bei unserer Ankunft in Rothenburg nicht regnete. Unser Zelt war tatsächlich immer noch pitschnass und ich war sehr gespannt, wie feucht das Zelt im Innern sein würde. Zumal ein Teil der Reißverschlüsse beim Zusammenlegen unbedingt geöffnet werden müssen, damit die Luft aus dem Zelt entweichen kann. Wir wurden angenehm überrascht, Maria musste lediglich die Böden im Schlafzelt und im Wohnbereich mit etwas Haushaltsrolle trocken wischen, die Zeltwände trockneten überraschend schnell von alleine.

Wir waren mit Wolfgangs Riesenluftmatratze ja nicht so richtig glücklich und nach dem das Zelt stand, fuhr Wolfgang zum Einkaufen. Auf seinem Einkaufszettel stand nur ein Teil: eine Luftmatratze. Maria und ich richteten in der Zwischenzeit unser Zelt ein. Im Schlafzelt pumpte ich natürlich zunächst nur ihre Luftmatratze auf. Das war ganz schön anstrengend. Kaum hatten wir Marias Bett fertig, kam Wolfgang mit einer Luftmatratze, die größenmäßig perfekt in unser Schlafzelt passte. Ich half Wolfgang beim Aufpumpen, schob ihm dann allerdings meine Matratze zum Aufpumpen rüber. Ich freute mich, wieder auf meiner eigenen Matratze schlafen zu dürfen. Natürlich teilte ich meine Luftmatratze und auch meinen Schlafsack mit Thommy.
Bei unserem üblichen Abendspaziergang stellten wir verblüfft fest, dass wir die einzigen Gäste mit Zelt waren. Niemand sonst? Nanu!
Ich war froh, auf unserem gewohnten Platz zu stehen. Fühlte sich richtig an, auch ohne unsere gute Stube, wie ich unseren Wohnwagen immer genannt hatte. Thommy musste sich natürlich erst einleben. Er hatte uns gerade kennengelernt und von Zelten hatte er noch nie etwas gehört. Er schien sich wohl und sicher zu fühlen, denn am Freitag, als ich mit meinen Beiden zum Einkaufen fuhr, blieb er sogar

alleine mit Fridolin im Zelt. Hätte Maria mit mir nicht machen können. Nicht weil ich Angst gehabt hätte, nee ich bin ihr Reisebegleitbär und wir hatten verabredet, beim Zelten bin ich bis auf ihre Besuche im Waschhaus, stets an ihrer Seite. Ich hielt mich daran und hoffte, sie auch.

Bei einem seiner Rundgänge über den Campingplatz entdeckte Wolfgang dann Verwandtschaft von uns. Marias Bruder mit Frau. Lustigerweise standen die Beiden mit ihrem Wohnwagen genau auf dem Stellplatz, den wir zu Beginn unserer Zeltreise genutzt hatten. Sie waren auf dem Weg nach Oberstdorf und gerade angekommen. Wir waren schon oft mit ihnen gemeinsam auf einem Campingplatz. Natürlich waren sie neugierig auf unser Zelt, kannten es bisher nur von Bildern und einem kleinen Film, den Wolfgang aufgenommen hatte. Das Zelt gefiel ihnen gut. Dennoch glaubte ich nicht, dass sie es sich jemals ausleihen würden. Warum auch, sie haben ja einen wasserdichten komfortablen Wohnwagen.

Die zwei Tage, die wir mit ihnen gemeinsam in Rothenburg ob der Tauber verbrachten, haben mir wie immer Spaß gemacht. Sie sind genau wie wir langjährige Camper, haben in ihrer Jugend gezeltet, waren wie meine beiden mit einem VW Bus unterwegs und sind seit einigen Jahren Wohnwagenfahrer. Da kann man herrlich miteinander fachsimpeln.

Ich fühlte mich wohl im Zelt, hatte ein bequemes Bett gleich neben Marias Luftmatratze, wenn mir kalt war stellte ich den Heizlüfter an und bei komischen Geräuschen hätte ich meine Beiden wecken können. Ging Maria morgens zum Duschen, kuschelte ich mich in ihr Bett. Und ich hatte ja inzwischen auch Thommy an meiner Seite.

Es war gemütlich, aber so langsam wurde es nachts richtig kalt. Ich denke, deshalb war auch niemand außer uns mit einem Zelt unterwegs. Meine zwei überlegten ernsthaft unseren Bestand an Wolldecken auszuweiten. Thommy und mir reichten mein Schlafsack und eine dünne, allerdings doppelt gelegte Fleece Decke aus. Maria bemerkte dazu nur, wir hätten ja noch unser Fell. Es war Ende September, die nächtlichen Temperaturen lagen bei 6 Grad und wir waren mit einem Zelt unterwegs, irgendwie passte das nicht so richtig zusammen.

Ich finde, wir kamen trotzdem gut zu Recht. Keiner von uns jammerte. Der Heizlüfter hat 3 Stufen und warme Kleidung hatten wir auch. Wolfgang hatte beim Einkaufen preiswerte warme Plüschfelljacken für sich und Maria entdeckt und ganz ehrlich, unsere Fernsehabende und auch unser Frühstück im Zelt, wenn unser Heizlüfter warme Luft im Zelt verteilte, das war schon alles sehr gemütlich. Meine Zwei hatten auch kein Problem damit abends noch einmal zum Waschhaus zu gehen, um sich die Zähne zu putzen. Kein Gejammer, sie machten es einfach.

Ich freute mich schon auf die für 2022 geplante Reise mit unserem Zelt nach Griechenland. Einen Hauch Süden hatten wir in Venedig gehabt und das hatten wir genossen. Ich glaube, ich bin genau wie meine Menschen fürs Zelten in unseren Breitengraden nicht so richtig geeignet. Für den Süden jedoch schon, wenn
morgens die Sonne vom strahlend blauen Himmel scheint, die Vöglein zwitschern und es nach Süden duftet. Das ist es! Ich glaube, genau das lockt auch meine Beiden.

Nach 45 Nächten ging unsere Zeltreise zu Ende, 44 Nächte davon hatten wir im Zelt geschlafen und eine Nacht in einer Hütte verbracht. Ich war mir sicher, es würde sich eigenartig anfühlen, wieder in einem festen Haus zu leben. Beim Zelten bist du ja praktisch nur draußen. Die dünne Zeltwand zählt nicht.

Die frühen Zeltreisen meiner Beiden begannen und endeten im Wochenendhaus von Wolfgangs Eltern in der Lüneburger Heide. Es waren häufig lange letzte Fahrtage. Der längste Fahrtag betrug 23 Stunden. Sie sind ohne größere Pause von Andorra nach Hause gefahren. Ich weiß nicht, ob sie keine Lust mehr hatten ein Zelt aufzubauen, die Euro- und Reiseschecks alle verbraucht waren oder einfach keine Zeit mehr hatten. Damals gab es halt nur 20 Urlaubstage im Jahr und die wurden ausgenutzt.

Thommy

Nachwort

Geplant war im Jahr 2022 ein Zelturlaub in Griechenland. Ich hatte mich auf die Reise gefreut und Stöpsel viel über das Reisen mit Zelt erzählt. Und dann? Dann kam alles ganz anders. Wir hatten während unserer Reise 2021 bei einem Campinghändler in Ansbach einen Wohnwagen gesehen, der uns gefiel. Maria war da schon der Meinung gewesen, der ist es, und den könnten sie uns gleich mal mitgeben. Ging natürlich nicht.
Mitgegeben hatten sie uns allerdings einen Prospekt des Wohnwagenherstellers. Wir entdeckten, dass es von dem Modell, das uns so gut gefallen hatte, auch eine etwas kleinere Variante gibt. Die interessierte uns. Der Campinghändler, der die Wohnwagenmarke bei uns in der Nähe vertreibt, hatte uns auf Nachfrage erklärt, er würde einen reinbekommen den wir, wenn er uns gefiel, sogar kaufen könnten. Einen Termin konnte er uns allerdings nicht nennen. Er wollte uns anrufen, wenn der Wohnwagen geliefert wurde.
Wir waren dabei unsere Zeltreise vorzubereiten, als der Anruf des Händlers kam. Ich war gespannt. Was soll ich sagen? Der Wohnwagen war perfekt für uns und er war da! Wir konnten ihn kaufen!!! Wir

brauchten uns über Lieferfristen und Preiserhöhungen keine Gedanken machen. Wir zögerten nicht und kauften den funkelnagelneuen Wohnwagen. Mich, den Feuchtigkeitsgeschädigten Bären, beeindruckte natürlich auch die Zehnjährige Dichtigkeitsgarantie des Herstellers.

Unser Zelt haben wir an eine junge Familie aus Nordrhein-Westfalen verkauft. Wir hatten in unserer Verkaufsanzeige vermerkt, dass ein Versand des Zeltes nicht infrage kommt. Für die Familie war es kein Problem das Zelt bei uns abzuholen, für sie ging es gleich weiter auf einen Campingplatz an die Ostsee zum Zelten.

Nur was war mit mir? Ich wollte immer noch wenigstens einmal im sonnigen Süden Zelten. Ich beschloss, mein Zelt mit in den Urlaub zu nehmen. Ich wollte wissen, wie es ist, so richtig im Süden zu zelten, ich wollte in Griechenland vor meinem Zelt sitzen.
Gleich auf unserem ersten Campingplatz baute ich mein Zelt auf, pumpte meine Luftmatratze auf und räumte meine Sachen ins Zelt. Mein Auto konnte ich direkt neben meinem Zelt abstellen und vor dem

Zelt war Platz für meinen Liegestuhl. Stöpsel war begeistert.

Wir zelten in Parga.

Zelten ist schon schön, aber was für ein gepacke und gegucke nach dem Wetter und wenn dann ein Wohnwagen nebenan steht, der mir ja irgendwie mitgehört ja dann..... Stöpsel und ich bauten unser Zelt auf dem nächsten griechischen Campingplatz nicht wieder auf, sondern machten es uns in unserer Kuschelecke im Wohnwagen gemütlich.

In unserem heimischen Bücherregal haben Stöpsel und ich vor kurzem eine interessante Entdeckung gemacht, eine Lexikon Reihe von 1990. Zwanzig

Bücher voller Wissen. Wahnsinn. Wieso waren mir die Bücher bisher nicht aufgefallen? Hätte ich doch längst schon für Recherchen nutzen können.
Wir haben uns dann gleich das Buch mit Buchstaben Z wie Zelt rausgesucht. Wir wollten wissen, was zum Thema Zelt im Lexikon steht. Ein Zelt ist danach eine leicht auf- und abbaubare Behelfsunterkunft aus Leinwand, die mit Hilfe von ineinander steckbaren Zeltstangen aufgestellt und mit Heringen am Erdboden verankert wird. Zelte waren ursprünglich die transportable Wohnung nomadischer Jäger- und Hirtenstämme und werden heute zum Beispiel beim Militär, beim Camping und auf Expeditionen verwendet. Was für interessante Bücher. Ich bin sicher, wir werden sie häufiger in die Hand nehmen, um Begriffe nachzuschlagen.

Aus lauter Neugierde habe ich mir dann Marias Laptop geschnappt und im Internet das Wort „Zelt“ eingegeben. Und was kam als erste Antwort? Wo man Zelten darf. Wie man Zelten geht. Was man alles zum Zelten braucht und Campingregeln, die Bär kennen muss.

Übrigens, zum Thema Camping steht im Lexikon als Bedeutung: Das Leben im Freien und Übernachten im Zelt während der Freizeit und in den Ferien. Bei Wikipedia steht, dass Camping eine Form des Tourismus ist und das Wort vom lateinischen Wort Campus (Feld) abstammt. Übernachtet wird dabei in Zelten, Wohnwagen, Wohnmobilen oder einfach so unter freiem Himmel.

So komfortabel unser Zelt auch war, meine Zwei jammern ihrem kleinen grünen Steilwandzelt immer noch nach. Ja, es hatte keinen eingenähten Boden, war kleiner und ja, uns hätten Spinnen, Ameisen, Mäuse und Schlangen besuchen können und auch der Standort hätte noch sorgfältiger ausgesucht werden müssen aber trotzdem, das wärs gewesen!

Bereits erschienene Bücher

Istanbul geheimnisvolle Stadt am Bosporus
ISBN 978 374 319 7268

Türkei eine Campingreise
ISBN 978 374 605 6470

Griechenland
ein Bär zwischen Antike und Badeurlaub
ISBN 978 375 197 1348

Kruemel im Homeoffice
ISBN 978 375 264 7266

Toni aus Grömitz erkundet die Lübecker Bucht
ISBN 978 375 620 8654

Dieses Buch ist in Coproduktion der Freunde Toni, dem Hasen, und Kruemel, dem Bären, entstanden.